Asas quebradas

ALDINO MUIANGA

Asas quebradas

kapulana
editora

São Paulo
2019

Copyright © 2017 Aldino Muianga
Copyright © 2019 Editora Kapulana Ltda. – Brasil

A editora optou por adaptar o texto para a grafia da língua portuguesa de expressão brasileira conforme o Acordo Ortográfico da Língua Portuguesa, decreto nº 6.583, de 29 de setembro de 2008.

Direção editorial: Rosana M. Weg
Projeto gráfico: Daniela Miwa Taira
Ilustração da capa: Dan Arsky

Dados internacionais de Catalogação na Publicação (CIP)
(Câmara Brasileira do Livro)

Muianga, Aldino
    Asas quebradas/ Aldino Muianga. -- São Paulo: Kapulana, 2019. -- (Série Vozes da África)

ISBN 978-85-68846-52-0

1. Romance moçambicano (Português) I. Título. II. Série.

19-28730	CDD-M869.3

Índices para catálogo sistemático:
1. Romances: Literatura moçambicana em português   M869.3

Cibele Maria Dias - Bibliotecária - CRB-8/9427

2019

Reprodução proibida (Lei 9.610/98).
Todos os direitos desta edição reservados à Editora Kapulana Ltda.
Rua Henrique Schaumann, 414, 3º andar, CEP 05413-010, São Paulo, SP, Brasil
editora@kapulana.com.br – www.kapulana.com.br

Mulheres, violência e reconciliação em Aldino Muianga
Ana Beatriz Matte Braun ———————————————— 07

PRIMEIRA PARTE

Da viagem à Ilha Mariana e dos sonhos de esplendor... ——— 15

Da estadia na casa da tia e dalguns eventos inesperados ——— 25

Da vida conjugal até ao nascimento duma filha ——————— 34

Das turbulências conjugais, familiares e sociais ———————— 44

Das cogitações ao longo da caminhada ————————————— 55

Da surpresa aos eventos subsequentes ao desaparecimento
da Macisse ———————————————————————————— 62

SEGUNDA PARTE

Da integração na família Maculuve às surpreendentes revelações
sobre as origens da Celinha ———————————————————— 73

Do matrimônio da Celinha aos eventos subsequentes ———— 84

Do exílio do Tiago e da visita inesperada na residência da Sónia à
intervenção do mago Xitimela —————————————————— 95

TERCEIRA PARTE

Do fim do exílio do Tiago ao cataclismo na vida da Celinha ——— 113

Da consulta na tenda do mago *wa ka* Gwaxene e do retorno
às obscuras origens da Celinha ————————————————— 124

Das buscas na Vila de Massinga ao que das mesmas resultou — 132

Da viagem à Ilha Mariana e das surpreendentes revelações
que aí escutou ————————————————————————————— 139

EPÍLOGO ——————————————————————————————— 145

VIDA E OBRA DO AUTOR ————————————————————— 147

Mulheres, violência e reconciliação em Aldino Muianga

Ana Beatriz Matte Braun
Docente da Universidade Tecnológica Federal do Paraná (UTFPR)

Asas quebradas, romance do ficcionista moçambicano Aldino Muianga, é um livro sobre mulheres, violência e reconciliação. Estruturado a partir da perspectiva de duas moçambicanas, Macisse e Celinha, o romance narra a história de mãe e filha separadas por um episódio de brutalidade que resultará em conflitos das mais diversas ordens, em particular configurando uma ausência geradora de angústia pelo desconhecimento do próprio passado.

A representação da violência é uma das marcas da produção literária moçambicana. Tendo surgido em grande parte como resposta à barbárie que significou a implantação e o estabelecimento do sistema colonial, a literatura de autores já tidos como canônicos, como Luís Bernardo Honwana, José Craveirinha, Noémia de Sousa, entre outros, se mostrava comprometida em retratar pelo viés realista a opressão, racismo e discriminação que marcaram o período colonial em Moçambique.

Também em momentos anteriores da obra do próprio Aldino Muianga, como nos livros de contos *O domador de burros e outros contos* (2015) e *A noiva de Kebera* (2016) – ambos publicados pela Editora Kapulana –, a violência esteve tematizada, ainda que por vezes camuflada pela ironia e humor: na representação dos diferentes espaços associada à descrição das práticas sociais que denunciavam o conflito social, político e econômico como elemento estruturador das relações entre os indivíduos em Moçambique. Se, no entanto, nesses casos a representação da violência se dá a partir das dinâmicas que ocorrem em espaços públicos, no romance *Asas quebradas*, a violência emerge do âmbito do privado, do seio das relações familiares, e acaba amplificada por uma estrutura social que, mesmo em transformação, ainda é em grande parte insensível ao sofrimento das vítimas – em sua grande maioria mulheres – das múltiplas formas que a opressão doméstica adquire. Pois, mesmo tendo sido parte consistente e atuante da luta anticolonial, as mulheres moçambicanas ainda enfrentam nos dias de hoje uma situação de subalternização no âmbito econômico, cultural e social, experimentando em seu cotidiano diversas formas de sujeição e resistência ao modelo patriarcal.

O romance de Muianga se apresenta, nesse sentido, como representação da lógica que rege as relações de gênero na sociedade moçambicana de hoje. Divididas entre o desejo de uma vida plena e a impossibilidade dessa realização naquele contexto, as protagonistas do romance acabam personificando toda a complexidade da existência feminina no mundo africano contemporâneo, ele mesmo cindido entre o modo ancestral e as transformações sociais advindas da colonização europeia e suas práticas ocidentalizadas.

No romance, convivem – e não exatamente em harmonia – práticas associadas às sociedades tradicionais africanas (o peso do julgamento coletivo da comunidade, o saber dos mais velhos, o poder dos rituais) e esse outro mundo, estruturado por um Estado regido por leis, que, apenas em tese, alicerçariam a construção de uma nova sociedade marcada pela justiça social. Assim, se por um lado, a tradição e o sentido comunitário ancestral são relativizados pelos valores da modernidade, por outro, a narrativa nos alerta que a lógica do mundo ocidentalizado também é insuficiente para captar as especificidades das relações nesses contextos, não sendo capaz de proteger as mulheres das agressões perpetradas tanto pelos indivíduos quanto pela própria sociedade, de maneira geral. São elas, portanto, quem mais sofrerão as consequências de viver num mundo que, apesar de cindido entre essas duas lógicas, vai invariavelmente conferir às mulheres papel secundário, subalterno e de abandono. O romance mostra a tensão gerada pela impossibilidade do enfrentamento individual de uma estrutura social que criminaliza e responsabiliza a mulher pela violência à qual é submetida.

O predomínio do discurso interior das personagens, mediado por um narrador onisciente que nada esconde do leitor, coloca-nos em posição privilegiada, já que temos acesso a dados desconhecidos, ignorados pelas demais personagens. Ganhamos, por consequência, também o poder de julgar suas ações e de nos posicionar ante as injustiças vivenciadas pelas mulheres no romance. Nesse sentido, as personagens masculinas aparecem em clara desvantagem em relação ao leitor. A narrativa indica que, seja em maior ou menor grau, todos acabam de alguma forma exercendo modos de opressão que submetem as mulheres ao sofrimento, solidão e sentimento de inadequação.

Assim, do mesmo modo que o sistema colonial representou uma forma de dominação, o modo patriarcal que rege as relações entre as pessoas naquela sociedade também o é. E, à medida em que avançamos na leitura do romance, vai se tornando cada vez mais claro que a lógica do patriarcado está incorporada também no modo de ação das próprias mulheres, que se veem, muitas vezes, não apenas impedidas de serem solidárias umas com as outras mas mesmo como inimigas, em disputa pela suposta estabilidade emocional e financeira oferecida pelo relacionamento amoroso. Ao mesmo tempo, há, em vários outros momentos da narrativa, a ênfase na solidariedade feminina, no entendimento de que a chave para uma existência plena está na conciliação entre indivíduos, reatando, em parte, presente e passado.

Sendo a literatura lugar tanto de afirmação quanto de contestação de práticas sociais, é possível ver o romance de Aldino Muianga como meio de desvelamento da complexidade da questão. Ao incorporar em sua prosa a tensão que ainda permeia as relações entre os gêneros na sociedade moçambicana contemporânea, Muianga apresenta ao leitor um exercício de reflexão inestimável.

Guarapuava, 10 de junho de 2019.

"...a identidade social constitui-se como um processo de justaposição na consciência individual, uma totalidade dinâmica, em que diferentes elementos interagem, na complementaridade ou no conflito, pois o indivíduo tende a defender a sua existência, a sua visibilidade social, a sua integração à comunidade, ao mesmo tempo que valoriza e busca a sua própria coerência."

Lipianski, *in* Ruano-Borbalan, 1998

PRIMEIRA PARTE

1

DA VIAGEM À ILHA MARIANA
E DOS SONHOS DE ESPLENDOR…

O embarque da Macisse naquela barcaça foi o princípio da aventura da descoberta de um novo universo. Passageiros, cada qual respeitando a sua própria urgência, mas não a dos outros, nem a formatura no pequeno ancoradouro da Costa do Sol, tagarelavam em voz alta, na já rotineira prática de maldizer, de questionar a competência do regime no governo ou a comentar sobre as banalidades do quotidiano.

O destino era a Ilha Mariana, lugar de cruzamentos de raças e de civilizações, na rota dos navegadores portugueses e árabes, que aí achavam abrigo e mercado onde traficavam promessas, falsos tesouros e especiarias.

Ela deixava para trás, por um período de duas semanas, supunha, a casa da irmã Salva, situada naquela Aldeia dos Pescadores. Se teria saudades, nem sabe dizê-lo a ela própria. Fazia três anos, desde que saíra de Morrumbene, empurrada pelos ventos da pobreza e da orfandade, que se hospedara na casa da mana Salva com a esperança de aí achar uma plataforma que a encaminhasse para os marcos de uma nova vida. A formação escolar rudimentar e a generosidade da irmã eram as únicas armas que possuía para enfrentar os desafios do futuro.

Ela pertencia a uma família de três raparigas: a mana Cássia, sempre a cismar que: "se eu deixar esta casa, quem fica a tomar conta das campas dos nossos pais?". Com o agravante de que esta era mãe de sete filhos, meio abandonados pelo marido naqueles matos de Mocodoene, este em contratos consecutivos nas minas da África do Sul. Das três, a Macisse, como afetuosamente chamavam à Maria Cecília na intimidade, era a mais nova, a benjamim da família que tinha outras ambições, as de ter um emprego e, com muita sorte, um marido que lhe desse filhos e alguma segurança na vida.

A Ilha Mariana era a meta final de um sonho antigo. Pela falecida mãe soubera que nesse lugar longínquo vivia uma irmã gêmea, abastada e dona de barcaças que regressavam do mar sempre a abarrotar de mariscos que vendia a turistas e aos mercadores da cidade. A curiosidade de conhecer essa tia distante foi um lume que sempre ardeu brando e latente no seu peito. Era uma espécie de uma heroína desconhecida cujo exemplo desejava copiar. Talvez fosse algum instinto para aventuras, mas a curiosidade de descobrir outros membros do agregado fora outra das razões para aquela jornada. Quem sabe se lá iria encontrar o que almejava, que era um lugar onde deitar as fundações para uma vida tranquila e segura. Era um pouco uma exploração do desconhecido, ia ao encontro dalguma surpresa, que a todo o custo tinha de ser agradável. Não porque na casa da mana Salva vivesse pressionada ou com dificuldades. As que tinha eram as de qualquer rapariga que vivia em casa doutrem poderia ter. Naquele lar eram todos afáveis. O próprio cunhado Silvestre era o primeiro a dedicar-lhe as atenções que prestaria a uma filha sua. Contudo, a idade já pedia outros espaços, o corpo escondia novas necessidades, a imaginação voava mais alto.

O noivo da Macisse não via com bons olhos aquela viagem à casa da tal tia na Ilha Mariana. Não era por uma questão de ciúmes, mas pela solidão temporária em que ela ia deixá-lo e a aproximação da data para o matrimônio que já fora marcado para daí a dois meses. Havia ainda muito trabalho de preparação a fazer-se. Até para encurtar a estadia chegou a propor-lhe que viajassem juntos, ao que ela recusou com um sorriso terno e ambíguo, entre a complacência e a compreensão. "Não me vou demorar. Só quero conhecer mais alguns dos meus familiares e convidá-los para o nosso casamento", disse ela na ocasião da despedida.

A embarcação que transportava a Macisse pôs-se ao largo, ao desafio da maré algo encrespada, porque habitualmente assim era àquela hora da manhã e naquele troço da baía. O silêncio a bordo foi-se instalando aos poucos, à medida que aquela se distanciava das margens. Era como um sinal de que o afastamento da terra firme constituía uma invasão a um território sagrado onde reinavam outros deuses, o dos espíritos daqueles que perderam as vidas no mar, ou daqueles cujas cinzas foram lá aspergidas. O barco baloiçava ao sabor das ondas. O ruído rouco e constante do motor era a garantia do progresso seguro da travessia.

Macisse caiu no embalo da divagação. Os olhos contemplavam o recorte da praia e da cidade que se distanciava. De cada lado estendia-se a largueza de paisagens pitorescas. O azulado escuro do mar imenso era um lençol de infindáveis dimensões. Aqui e ali, golfinhos brincalhões davam piruetas graciosas no ar e cardumes de peixes multicores acompanhavam o curso lento da embarcação. A linha reta e contínua do horizonte marcava a fronteira com um céu de um azul mais claro, onde retalhos de nuvens navegavam vagarosamente para leste. Aquela era uma aquarela a que qualquer um se deixaria subjugar. Quantas surpresas se não esconderiam por detrás da imensidão daquelas águas, por detrás do azul infinito daqueles céus? Quantos mistérios se não albergariam para lá daquela enorme barreira que o mar e o céu erguiam e colocavam distantes da sua mão? Ouvira contar histórias de marinheiros, curiosamente todos barbudos, trajados de uniformes azuis e brancos, que sulcaram mares, venceram tempestades, para se fazerem a terras desconhecidas e desses lugares trouxeram novidades doutros mundos, tesouros e especiarias. Seria uma aventura empolgante desembarcar nesses universos apaixonantes e descobrir também para si esses enigmas, conhecer gente que falasse idiomas curiosos, e de si também dar-se a conhecer aos outros, narrar os seus hábitos, as histórias da gente da sua terra a audiências atentas e curiosas.

Os recortes da ilha de Xefina Grande tornaram-se mais nítidos com o progresso da viagem. Dir-se-ia um paraíso perdido no meio do oceano, o reduto solitário duma civilização misteriosa, ostracizada do resto do universo. A embarcação contornou-a, apontando a proa para o sudeste, em direção à Ilha Mariana, o berço da história que seria o marco da vida da Macisse e da geração seguinte.

O ancoradouro dos barcos que demandavam a ilha era uma baía em miniatura, uma espécie de um desfiladeiro cavado entre duas dunas. À boca daquele, a força das marés abrandava e permitia um tráfego de embarcações e passageiros sem riscos de acidentes. Aí competiam pescadores e negociantes que provinham de vários locais para adquirirem mercadorias e espécies raras de mariscos para revenda nos mercados e casas de especialidade da capital.

A Macisse desembarcou com aquela sensação que se apodera de qualquer um que franqueia as portas de um mundo novo, de um universo que desconhece e pretende descobrir.

Junto à margem, uma pequena multidão aguardava com indisfarçada ansiedade pela chegada de amigos, familiares ou conhecidos. Alguns traziam víveres da cidade; os demais, para outros fins. Do ajuntamento alguém saudou:

– É a Macisse? – alguém juntou à chamada o gesto de assinalar a sua presença com um movimento de braços. Era a voz duma mulher. Abriu o rosto com um sorriso donde se lia alívio e satisfação.

A recém-chegada não teve dúvidas de que aquela mulher, outra não poderia ser senão a tia. Mesmo se não gritasse pelo seu nome, reconhecê-la-ia entre uma multidão de milhares de pessoas. A exuberância daqueles modos, a semelhança dos traços do rosto, eram os da sua defunta mãe. Tratava-se, afinal de contas, de duas irmãs gêmeas verdadeiras. Dir-se-ia que nos primeiros instantes daquele contato regressasse aos braços da mãe, que mal conhecera. Recorda-se apenas de ter visto a tia em tempos longínquos. A imagem que dela retinha era esbatida, distante, uma vez e outra refrescada por algumas fotografias, também desbotadas e amarelecidas pelo tempo.

Abraçaram-se demoradamente. Eram as correntes de sangue de duas gerações que se encontravam, trajetórias de recordações que confluíam ao reencontro com a imagem da falecida mãe da Macisse.

– Como foi a viagem? – perguntou a tia, que respondia pelo nome de Marcela, Marcela de Jesus, com visível emoção na voz.

– Tirando o receio por algum desastre, a viagem até foi boa – respondeu a sobrinha, também com embargos na voz.

– Com o tempo e de tanto viajar a gente habitua-se e o medo passa.

Ambas internaram-se pelos caminhos ladeados de plantações. As paisagens que se ofereciam aos olhos de qualquer forasteiro eram as de um paraíso. A ilha era uma mistura de cores duma aquarela fresca, onde predominavam o verde das culturas e a brancura das areias. Plantações de mandioqueiras, de hortícolas e de cajueiros dispersos, canhueiros[1] de porte alto empertigavam-se no ar e os seus ramos saudavam as brisas que vinham da costa próxima. Frutos silvestres pendulavam nos ramos e ofertavam-se à passarada e aos viajantes; deles libertavam-se fragrâncias que perfumavam o ambiente. O azul do oceano completava o colorido daquele quadro da natureza que convidava à tranquilidade e alimentava a imaginação para viagens de sonho.

Conversavam sobre lugares-comuns. A tia Marcela ia à frente do pequeno cortejo. Numa das mãos trazia um cesto cheio de produtos que recolhera de um intermediário, no ancoradouro. Na linha, mesmo por detrás dela, a Macisse respondia à curiosidade da tia. A fechar a fila ia uma rapariga que ajudava nas lides da casa e nos negócios.

---

[1] **canhueiro**: árvore do sul de Moçambique que dá um fruto chamado canhu, com o qual se faz um fermentado.

— Como o tempo passa! Nunca imaginei que estivesses assim tão crescida. A última vez que te vi devias ter seis ou sete anos de idade – recordava-se a tia.

— Também só a conhecia de fotografias. Não me lembrava bem da sua cara, nem como era – respondeu a Macisse

— A nossa família não é muito unida, daí que não nos visitamos. A tua vinda para aqui vai mudar isso tudo. Temos de nos juntar e conhecermo-nos melhor uns aos outros. Só assim é que podemos formar uma verdadeira família. Vais gostar de estar conosco. Aqui a minha família nem é grande. Como deves saber tenho três filhos mais ou menos da tua idade. O teu tio Gabriel é um homem muito bondoso e trabalhador, respeitado pela comunidade daqui da ilha. A tua vinda vai encher de alegria a toda a gente.

— Tenho a certeza de que hei de gostar de estar convosco – disse a Macisse, muito esperançada em viver momentos alegremente inéditos.

A caminhada durou cerca de uma hora e iam a passo lesto. Paravam aqui para retomar algum fôlego de ar e acolá para deglutir alguns goles de água. A Macisse aspirava os aromas daqueles campos inundados de verdura e frescura. Alguns cabritos mordiscavam talos da vegetação que crescia nos morros ao longo do trajeto. Ali era tudo espontâneo, livre e natural.

Imaginava como seriam os primos e o tio. Quem dera a si ter uma família como a que a tia descrevia. A orfandade precoce retirou-lhe esse privilégio. O que sucedera depois da morte da mãe foram só sonhos desmoronados e sacrifícios, causados pela dependência a outrem; neste caso, aos tios paternos e, mais tarde, à irmã Salva com quem vive na Aldeia dos Pescadores.

Quando a mãe faleceu a família estava empobrecida, cheia de carências de toda a ordem, das materiais e das espirituais. Os sinais do infortúnio começaram a manifestar-se logo a seguir à morte do pai, depois daquele grande acidente em que a viatura em que seguia e transportava a sua produção de marceneiro embateu frontalmente contra um caminhão-cavalo que circulava com excesso de velocidade a caminho do cruzamento do Inchope. O evento marcou o início de muitas e penosas atribulações. A família mergulhou na treva de uma desgraça e ficou reduzida a quatro mulheres desamparadas que assim se viam à mercê de toda a sorte de imprevistos, tão frequentes num agregado constituído pela mãe, uma trabalhadora incansável, mas frágil; pelas manas Cássia e Salva; e, finalmente, por ela própria.

A primeira já planeara estabelecer-se lá na aldeia natal de Tchocuane, em Morrumbene, para cuidar das propriedades que os pais lhes legaram. Teriam outros bens que não fossem a machamba[2], os coqueiros e uns poucos animais de criação? Esses é que constituíam o espólio do qual todas sobreviviam. Junto àquela machamba ainda repousam os corpos dos defuntos progenitores, que elas cuidam com um zelo religioso. Daí a relutância da Cássia em abandonar aquele lugar.

A Salva tornou-se esposa de um pequeno comerciante que achou a vida da província muito restrita e monótona, sem aquelas perspectivas que o levariam um dia a realizar os sonhos de um futuro mais promissor, sólido, de um empresário bem-sucedido. Assim, depois de cumpridas as formalidades breves do lobolo[3] e do matrimônio, o casal emigrou para a cidade de Maputo. Residem na Aldeia dos Pescadores, na Costa do Sol, onde se dedicam a empreendimentos que asseguram uma vida de qualidade sofrível.

Foi naquele aglomerado onde a Macisse se juntou à irmã a quem ajuda nas lides da casa e nos negócios de mariscos no pequeno mercado local.

Aquelas eram as recordações que a acompanhavam na mente, as de um passado de angústias e privações, as do trabalho árduo na machamba, as da venda de coco e dos produtos das culturas, as de carência de uma formação escolar básica; enfim, do desfile de eventos tristes ao longo da infância e da adolescência.

---

[2] **machamba**: horta, pequena plantação; terreno agrícola para produção familiar, terra de cultivo.

[3] **lobolo**: dote em dinheiro ou bens, pago pelo noivo aos pais da noiva.

Daí que juntar-se à irmã Salva ter-se tornado uma necessidade, um degrau na via pela transformação para outra vida, diferente, melhor do que aquela que se lhe mostrara até então; e essa era a de lutar com o fim de alcançar outros patamares. Um desses seria obter alguma educação, frequentar alguma escola noturna nesses cursos de alfabetização e de educação de adultos. Para já, a meta seria concluir o primeiro ciclo secundário. Depois ver-se-ia o futuro, diria, a experiência na cidade mostrar-lhe-ia os caminhos a seguir.

A mana Salva e o marido faziam tudo ao seu alcance para facultar à Macisse todo o afeto e proteção. Ela correspondia àquela generosidade sem nenhuma espécie de reserva. Empenhava-se nos trabalhos domésticos e participava nos pequenos negócios do agregado com fervor e devoção.

Quando, casualmente e em conversa com a mana Salva, se abordou a possibilidade de uma viagem à Ilha Mariana para visitar aquela tia há muito tempo desaparecida, ela deixou-se contagiar por um entusiasmo que lhe tirava o sono. Seria aquela uma ocasião única para rever parentescos e alguém que nebulosamente conhecera na infância, um membro da família que era, nem mais, nem menos, a irmã gêmea da mãe, de quem se narravam as maravilhas do seu sucesso. Dizia a mãe que essa tia era a única mulher naquele povoado de Tchocuene, em Morrumbene, que conseguira ser excepcionalmente bem-sucedida na vida. Entrou a cismar que tinha de conhecê-la, porque as recordações que dela tinha eram esbatidas e distantes. Ver a tia seria o mesmo que rever a falecida mãe.

Absorta nesses pensamentos mal deu-se conta da aproximação à residência dos tios. Do largo caminho que haviam percorrido, flanqueado de ananaseiros e mandioqueiras, abria-se um outro espaço donde se destacavam várias construções. Para um lugar tão remoto como a Ilha Mariana era surpreendente achar aquele tipo de alvenarias. Entre todas destavaca-se uma, a maior entre as demais, que – poder-se-ia adivinhar – era ocupada pelos donos da ilha.

A sua imponência revelava quão bem-sucedidos eram os seus ocupantes. As paredes pintadas de um branco-leitoso refletiam o brilho do sol da manhã e conferiam-lhe a singularidade de um museu que ocultava tesouros preciosos. A distâncias regulares outras construções alinhavam-se em semicírculo e formavam o resto do aglomerado. Aquele era um sobado em miniatura.

A chegada da comitiva foi acompanhada de muita curiosidade e de ululações de alegria. Os membros da família foram emergindo, um a um, para acolher e saudar aquela parente jovem que vinha de tão longe para os honrar com a sua visita.

A tia apresentou a Macisse aos da casa. O que mais os espantava eram as semelhanças nas fisionomias de ambas. A Macisse era a réplica jovem da tia; os traços do rosto, o sorriso franco e aberto, mesmo os gestos, nisso tudo saía à tia.

– Na verdade, uma pessoa de família não se pode esconder. Quem vê aqui a sobrinha Macisse vê a ti – disse o tio Gabriel sorridente, em jeito de saudação, a dirigir-se à esposa. – Ela é mesmo tua filha.

O caráter extrovertido da Macisse valeu-lhe muitos dividendos naquela pequena comunidade. Não lhe custou angariar simpatias e amizades no agregado. E não só, as raparigas das redondezas sentiam-se muito honradas em tê-la entre os seus círculos. E os *magalas*? Esses, então, ufanavam-se todos, bravatas de pescadores, cada qual o mais exímio em toda a ilha, diziam. Disputavam o seu sorriso e a sua companhia.

Durante os dias contribuía nos diversos labores domésticos, com a protocolar entrega e dedicação, do mesmo modo como o fazia na casa da mana Salva. A sua companheira preferida era a tia. Gostava de estar a seu lado, atraída por um incontrolável e estranho magnetismo, como se o calor que daquela irradiava fosse o de sua própria mãe. Muitas perguntas fez, muitas respostas obteve. Era a lição da história da família que se aprendia, experiências doutra geração a si transmitidas e retidas.

A tia era muito laboriosa e determinada. Não era por acaso que todos a admiravam e invejavam. Os êxitos que conquistara eram sinais de quanto investira em trabalhos e sacrifícios. Assim o atestavam aquelas propriedades nas adjacências da casa, os campos cultivados donde colhia toneladas de milho, de amendoim, uma infinidade de hortícolas e frutos variados. Os três barcos de pesca marcavam o auge do seu esforço. Aqueles, muito antes de o crepúsculo empalidecer os horizontes, punham-se ao largo do oceano para a faina do dia; de lá traziam variedades de peixes e outros mariscos que eram disputados pelos mercadores da cidade na pequena doca da ilha. O exemplo de trabalho árduo fora a semente que plantara. Todos empenhavam-se, todos contribuíam para que o sucesso, o bem-estar e a harmonia fossem os pilares da doutrina que deveria comandar a vida de todos.

Aqueles eram os ensinamentos que viera colher. Se da tia possuía as semelhanças físicas de que todos falavam, pois assim teria de ser no caráter, no sacrifício e no sucesso.

Por tudo o que testemunhara, pelo que escutara da tia sobre os sucessos no presente, alicerçados pela determinação de vencer os desafios daquele passado de privações, dela faria o seu modelo, o exemplo do que seria e do que faria doravante.

2

DA ESTADIA NA CASA DA TIA E DALGUNS EVENTOS INESPERADOS

A Macisse permaneceu um mês na propriedade dos tios na Ilha Mariana. Foi o mesmo que viver uma segunda existência, o virar de uma nova página na história breve da sua vida. Conheceu as diferenças de caráter dos membros de toda a família, unida no trabalho, na partilha de tudo, o que os tornava unidos e fiéis uns aos outros.

Poucos dias faltavam para o regresso à companhia da mana Salva e do cunhado Silvestre. Era claro, tinha imensas saudades deles. Levaria consigo muitas novidades e montes de novos sonhos por realizar.

Ela ocupava uma das barracas na companhia da prima Celta, a filha mais nova da tia Marcela. Noites dentro perdiam-se a recontar estórias, próprias de raparigas recém-saídas duma adolescência atribulada, densa de emoções, de dias gloriosos cheios de felicidade. E riam-se das suas próprias loucuras. Dir-se-ia que eram irmãs gêmeas que nunca se cansavam de estar uma junto à outra, a compartilhar experiências pessoais.

A meio daquela manhã nebulosa da antevéspera da partida da Macisse a propriedade era um deserto. Ou, por assim dizer, assim parecia ser. Em todos os imóveis que a constituíam as portas encontravam-se trancadas, os espaços entre os mesmos eram caminhos onde a criação da capoeira passeava e bicava o chão. Galos esgaravatavam e entoavam cantos à natureza. Sobre o ramalhal das árvores, passarada variada e multicor cantava ao desafio.

Logo ao alvorecer do dia, quando o sol ainda tingia de rubro os horizontes longínquos do mar, a prima Celta despediu-se para juntar-se à mãe, a caminho da doca para enviar e receber encomendas. Ainda escutou as vozes dos restantes residentes a esbaterem-se à distância, ao encontro doutros desafios na lavoura das terras ou na faina da pesca.

Ficou só no quarto, a meditar sobre os desafios que num futuro breve a aguardavam. A imaginação flutuava, ora para este projeto, ora para outro. Viajara até à Ilha Mariana em busca de inspiração. Parecia que este era o espaço do seu próprio nascimento ou de reencontro consigo própria; o lugar onde as penumbras das suas dúvidas se dissipavam, onde uma nova luz lhe indicava as vias a seguir.

Mas, eis senão quando, escuta um bater suave à porta. Silêncio. Três pancadas surdas e espaçadas repetiram-se, tão suaves que pareciam afagos do vento à madeira que era o obstáculo da entrada. Interrompeu as cogitações a que se entregara para melhor orientar-se. O toque fez-se ouvir uma vez mais. Já não tinha dúvidas de que algum intruso pretendia introduzir-se no fogo.

– Quem é? – indagou, cheia de surpresa pelo ineditismo do acontecimento. Outra pausa de silêncio sobreveio. Escutou apenas o som de arquejos de uma respiração algo laboriosa de um homem. Alarmou-se. Quis gritar por socorro, a voz; porém, estrangulou-se-lhe na garganta.

– Posso saber quem é? – conseguiu articular.

– Sou o teu tio Gabriel. Abre a porta, não tenhas medo.

A Macisse franqueou a porta da habitação com um misto de emoções em que predominavam o medo, a sensação de insegurança e, até, de impotência.

O tio Gabriel era um sujeito de estatura avantajada, com traços físicos de quem na juventude executara labores manuais de grande envergadura. Embora idoso conservava uma força que poucos atribuiriam a uma pessoa da sua idade.

A Macisse mal poderia acreditar que aquele fosse o tio Gabriel, sempre cortês, que todas as manhãs a saudava e com ela dissertava sobre mil e um temas, sobre a vida, o trabalho e a família. Era, isso sim, a sua imagem transfigurada, algo irreal que, de repente se metamorfoseasse diante de si. Via um ser que, paulatinamente, se insuflava de ar e adquiria as proporções de um gigante, cujas feições se deformavam e ganhavam a fisionomia de um monstro ressuscitado de um túmulo e naquele quarto se materializasse. As notas daquela respiração sibilada e a voz gutural que emitia sons graves formavam a partitura daquela sinfonia que se executa em atos fúnebres. Diante daquele quadro de terror pressentiu no ar a iminência da sua morte.

Tudo envolveu-se pelo sinistro dum ambiente só possível em pesadelos. E a Macisse, em plena madrugada, testemunhou o seu, protagonizado por si e pelo monstro, materializado na pessoa do tio, o mesmo que a acolhera naquela casa. Sentiu a sua presença ao lado da cama onde se sentara, a aspereza dos dedos a percorrerem o seu corpo. Aspirou dele a pestilência halitosa de aguardentes. Escutou a gravidade da voz que pronunciava um discurso de cujas palavras não compreendia o sentido.

Ele derrubou-a sobre a cama. Subjugou-a com a força dos braços e com a autoridade do seu poder paterno. O mundo girou numa rotação desacelerada; com esta as paisagens do universo descoloriram-se no precipício da vertigem para o desfalecimento. Nesse estado presenciou o desfile de figuras carnavalescas, máscaras que cobriam rostos de pessoas conhecidas, como o da irmã Salva vestida de luto pesado a velar o seu cadáver; do noivo a conduzi-la ao altar, nu e sorridente; da tia Marcela vestida de maga a cavalgar sobre a garupa de um leão; da defunta mãe a recolhê-la ao seio e a assoprar-lhe aos ouvidos cantigas de embalar; do tio Gabriel, de rosto contorcido, a esgrimir um machado ensanguentado e a persegui-la pela praia fora.

Ao despertar, o que a Macisse sentiu não foi apenas uma dor viva no baixo ventre, mas também a violência da humilhação, a agonia do trespasse ao seu amor-próprio, à sua honra de moça e mulher.

Lá fora a passarada descolou dos ramos das árvores e voou para longe, os galos suspenderam os cantos, alarmados pelos gritos que escapavam pelas paredes daquele edifício.

***

A antevéspera da viagem de regresso da Macisse à cidade revestiu-se dos contrastes que diferenciam o dia da noite. Aqueles minutos marcaram uma transição inesperada, como uma noite sem crepúsculo, ou um dia sem madrugada. Sobressalta-se com as imagens daquele ato, como se de repente a introduzissem numa câmara escura, para logo em seguida voltar à luz da realidade. É um estado de perplexidade, de desorientação e de enovelamento de ideias que não consegue desatar. Em menos de meia hora a sua vida transformara-se. Viera à busca de alguma iluminação aos seus caminhos e o que achara fora uma densa neblina que obscurecia aqueles mesmos trilhos.

A tia e a prima Celta regressaram muito tarde da doca. Vinham ajoujadas de cestos com provisões. Encontraram a Macisse num estado de acabrunhamento tal que mal se movia ou falava.

– Estás com uma cara de quem viu o Diabo! – disse a tia em tom brincalhão, ao notar que a sobrinha trancara-se em si mesma. E, de fato, vira o Diabo em pessoa, embora o não pudesse confessar. Adivinhava as consequências se assim o fizesse. Os membros dalgumas famílias possuem esse secreto instinto e atitude de mútua proteção. Se narrasse os eventos recém-ocorridos ninguém nela iria acreditar. Pelo contrário, as culpas a si seriam atribuídas, que: "tudo o que estás pr'aí a dizer é pura mentira, se aconteceu é porque tu é que provocaste a situação; bastou tu chegares para se criar divisão na família; vieste *masé* inventar boatos para perturbar a nossa paz; que a inveja faz destas"; enfim, desses e doutros semelhantes qualificativos, todos nada abonatórios à sua integridade moral.

Durante o jantar a família reunida parecia uma assembleia a velar um morto. Mal trocavam palavras. A tia tentava aqui e ali alguma graça para alegrar o ambiente. Os seus esforços, porém, caíam em saco roto. O tio Gabriel desculpou-se com um ataque de asma e retirou-se para o quarto.

Na manhã seguinte, a Macisse embarcou numa das barcaças para a viagem de regresso à cidade. Durante a mesma ela revia-se mentalmente, como o faria se se mirasse diante de um espelho. O que naquele captava era uma imagem de si deformada, com sentimentos dissonantes. Se a ida à Ilha Mariana fora algo idílica, preenchida de sonhos de esplendor, ao regresso aqueles haviam-se convertido em pesadelos. No seu espírito sofrera uma profunda transformação, como se a tivessem empurrado e mergulhado num abismo sem fundo. Tudo sucedera de um modo tão brusco ao ponto de custar-lhe abarcar a gravidade das consequências, imediatas e futuras. Como olhar para si mesma depois daquele incidente? Como encarar a irmã, a própria tia e os primos? E o próprio noivo? Com esse era escusado mencionar uma palavra que fosse sobre o sucedido. Perante todos seria a culpada e não vítima. Prefere carregar o calvário do sofrimento no silêncio. Aquela era uma das primeiras estações ao longo do percurso na sua vida como mulher.

A data prevista para o casamento da Macisse aproxima-se com passos gigantescos. Nem ela imaginara quão depressa os dias passavam. Vivia todos os momentos com um misto de emoções; de ansiedade e incerteza; de angústia e de medo.

Os preparativos iam em bom andamento. A mana Salva e o cunhado Silvestre não poupavam esforços nem dinheiro para que o evento fosse o sucesso que todos desejavam. À sua conta, recrutaram amigos e vizinhos, mãos mestras para executar as mil e uma tarefas à disposição: a cozinha, o transporte, a cerimônia religiosa na capelinha de São Paulo ali nas proximidades, as fotografias no Jardim Tunduru, o *xhiguiana* para a futura casa da noiva; enfim, toda a complexidade de uma logística que deveria ser impecável.

O espírito da Macisse oscila entre o sobressalto e a dúvida pelo futuro imediato e longínquo daquela relação. Segundo os preceitos das tradições, durante a noite de núpcias ela deverá apresentar a prova da sua castidade ao noivo e aos familiares deste. Esse estado, a comprovar-se, seria o sinal e a garantia da sua integridade moral. Como prêmio, e notícia pública, soltar-se-iam ululações e dançar-se-ia à porta da casal nupcial. Seria esta a ocasião ideal para confessar ao noivo a ocorrência daquele incidente na Ilha Mariana? Ou guardar silêncio e orar por algum milagre?

O noivo era uma pessoa que nascera e crescera numa família que fazia do catolicismo a sua doutrina e guia principal da sua vida. Educado nesse meio cristão absorveu os princípios do respeito pelos mandamentos da religião. Acreditava e cultivava os valores do matrimônio, os de família, e o respeito por outrem; acima de tudo, por aquela que viria a ser a sua esposa e mãe de seus filhos. Até àquela data mantivera um cauteloso distanciamento para com ela. Não tiveram nenhuma intimidade física, ele sempre ancorado no respeito pelas virtudes de que ela era detentora, abstinha-se a macular-lhe a honra. Deixara a decisão de tomar esse passo para a ocasião do matrimônio.

Naquele fim de semana do casamento da Macisse e do Víctor, que esse era o nome do noivo, as cerimônias decorreram de acordo com os planos. O evento foi muito concorrido. Nele participaram familiares e amigos, vizinhos e convidados; outros nem tanto, pois sabido é que uma festa de um batizado ou de um casamento, naquele tipo de comunidade eram eventos que pertenciam a todos.

Quem mais poderia estar presente senão os padrinhos da noiva, a tia Marcela e o tio Gabriel, acompanhados pela legião dos primos da Ilha Mariana?

A Macisse verteu um dilúvio de lágrimas. Uns diziam que aquelas eram de felicidade. Só ela, todavia, poderia dizer ao certo quanta dor lhe trespassava a alma, quão tenso era o nó do sofrimento que estrangulava o novelo dos seus pensamentos.

A madrugada que se seguiu àquela noite de núpcias era aguardada com muita ansiedade. Dir-se-ia que todos os familiares orientaram as bússolas da curiosidade para aquele edifício e mentalmente escutavam as conversas e "presenciavam" os atos em curso na cama nupcial onde a Macisse e o Víctor, pela primeira vez se conheceram como marido e mulher. Ambos amavam-se profundamente; cultivavam uma paixão ardente, sincera e uma dedicação mútua ilimitada. Durante essa noite não existiram os questionamentos ou as recriminações que ela esperara escutar dele. A relação consumou-se com a maior naturalidade, com uma entrega recíproca apaixonada, fremente e emotiva.

Quando, pela manhã, Víctor assomou a sua figura, trajava de um pijama novo. Sorria com tranquilidade e exalava frescura. Dirigiu-se às tias e às avós ansiosas, sentadas sobre esteiras a alguma distância e anunciou:

– Está tudo bem.

Ululações de alegria explodiram no ar, cantigas de boas-vindas anunciaram à comunidade o ingresso pacífico da Macisse ao seu lar.

> *Hôyo-hôyo, Macisse*
> *U taka tatissa muti hi vana*
> *Hôyo-hoyo, Macisse*
> *U taka kulisa muti lowu*[4]

Os semblantes carregados e sombrios daquelas anciãs sentadas sob o sol da manhã, não auguravam a boas novidades. Era um grupo formado por figuras venerandas e muito influentes na família do noivo; a assembleia do "conselho de anciãs" do clã Mutheto. Eram os alicerces sobreviventes que asseguravam a preservação dos usos e costumes, os arquivos de toda a história dos Muthetos e de famílias próximas. Daquele destacavam-se a avó Shoniwa, caudilha da legião; a avó Mudjapana; a avó Mbate e sua irmã gêmea a avó Kufene e, finalmente, a avó Ximamate. Todas tinham em comum a viuvez, que datava de mais de duas dezenas de anos. Fazia parte do contingente o avô Jaime, um celibatário e unha de fome, impotente sexual, cuja participação nos encontros do conselho resumiam-se a afirmativos assentimentos com a cabeça, obediente até à medula dos ossos, sempre concordante com as decisões tomadas depois das deliberações

---

[4] Tradução livre do autor:
Bem-vinda, Macisse/Que vais encher o lar de filhos
Bem-vinda, Macisse/Que vais engrandecer esta família

durante os inúmeros concílios do conselho.

– Ele diz que está tudo bem – bochechou a avó Shoniwa em voz de ser escutada pelo resto do ajuntamento. – Se diz que está tudo bem então que nos mostre a prova.

Como um ritual que se repete, as outras moveram as cabeças em aprovação.

O testemunho a que a Shoniwa fazia referência consistia na apresentação da chamada "prova de castidade"; nada mais, nada menos, do que a exibição pública dos lençóis nupciais manchados de sangue. Essa seria a prova indiscutível e definitiva de que a nova residente no lar, a Macisse, perdera a castidade com o neto durante aquela noite.

Gerou-se um certo burburinho na atmosfera da aglomeração. As mulheres de meia idade e as jovens casadouras prosseguiam nos cantos e nas ululações.

– Se o Víctor diz que está tudo bem qual é problema dessas velhas? – questionavam-se umas às outras, complacentes. Condescendiam com os resultados da "prova nupcial", tanto quanto lhes dizia respeito. Haviam passado por situações semelhantes, a vexames monumentais, cenas para esquecer. Era de adivinhar que a afirmação pública do noivo era a melhor prova de que ambos, o Víctor e a sua já esposa, se conheceram e tiveram intimidades antes daquele matrimônio. E esse era o melhor testemunho sobre um segredo que ambos pretendiam guardar para si.

As celebrações redobraram de alegria e animação, embora divididos os humores entre o "conselho das anciãs" e os membros da nova geração da família.

Façamos uma pausa nesta narrativa para recolher dos arquivos da memória algumas notas sobre a personalidade da avó Shoniwa. Em tempos que já lá vão – porque não se conhece ao certo a sua data de nascimento, embora se presuma que fora no tempo da invasão à África pelos madgermana[5] – casara-se com o avô Shoniwa,

---

[5] **madgermana**: relativo aos alemães.

um próspero camponês de Ricatla. Aquele, sem que lhe fosse declarada doença, finou-se na cama conjugal sem dizer adeus à esposa, que dormia tranquilamente ao lado. Ela envergou um luto pesado, sempre cheia de espantos e muitas dúvidas sobre o que teria causado a morte ao amado consorte. Cinco anos depois aliviou o luto com umas segundas núpcias. Dessa vez foi com um cavalheiro retornado das minas da África do Sul, o avô Salvador Ntivane, oriundo de Guijá. Este, por capricho da natureza ou malvadez do destino, sem as preambulares despedidas à vida, seguiu as pegadas do antecessor; isto é, faleceu em pleno sono, sem que a esposa se apercebesse da tragédia que ocorrera a seu lado. A Shoniwa voltou a cobrir-se de luto pesado, o mesmo que a acompanha até aos dias de hoje. Filhos não teve. Tem é raiva de todas as mulheres, a quem sempre atribui as culpas pelos seus infortúnios conjugais. Daí que tudo o que se relacione com aquelas dela merece um tratamento áspero e hostil, ideias comungadas pelas demais anciãs do conselho.

As celebrações prosseguiram durante a tarde e noite dentro com a chegada da comitiva do xiguiana[6]. Assim se confirmava e chancelava o ingresso da Macisse ao lar, ao seio da nova família, onde outros e singulares acontecimentos a aguardavam.

---

[6] **xiguiana**: acompanhamento festivo duma mulher recém-casada ao novo lar.

3

DA VIDA CONJUGAL ATÉ AO NASCIMENTO DUMA FILHA

Como é dos usos e costumes, imposições da tradição a que não poderiam furtar-se, o Víctor e a Macisse permaneceram na casa paterna daquele por três meses depois da cerimônia do matrimônio. Reservava-se aquele período para que os membros da família melhor conhecessem a esposa do seu jovem parente. Era também uma ocasião para a Macisse habituar-se à casa e melhor interagir com os futuros familiares, a quem deveria dedicar atenções e conceder o respeito que lhes era devido.

Assim sendo, naquela casa desfilaram cortejos de primos e primas, cunhados e concunhadas, tias e tios, avós e avôs, tios-avós e tias-avós; enfim, toda casta de pessoas que se sentiam ligadas à família Mutheto por algum laço próximo ou distante.

Ao longo daquele processo as tias e as avós não perdiam oportunidades para espiarem os comportamentos da Macisse. Era um tempo probatório no qual se diligenciavam em avaliar as perícias dela na cozinha, no acarretar da água na cantina mais próxima, para a verificação da qualidade dos cuidados que prestava a todos, especialmente ao marido. Todavia, o que constituía o cerne da vigilância, e merecia o escrutínio de todos, eram os progressos no crescimento da barriga, assim como as variações dos apetites digestivos da Macisse. Era imperativo que todos fossem unânimes na certeza de que ela era mulher que concebia e capaz de procriar filhos. Essa era uma questão inegociável que até poderia decidir sobre a continuidade daquele matrimônio.

Ao fim daqueles três meses, e por exigência do Víctor, o casal transferiu-se para outro bairro. Alojou-se num barracão de quarto e sala no bairro do Chamanculo, nas proximidades do bazar do Diamantino; um espaço limitado, é certo, mas onde iriam usufruir duma liberdade que não conheceram nas respectivas casas paternas, a de deixarem fluir os seus sentimentos, a de amarem-se sem tolhimentos ou reservas de espécie alguma. O Víctor tinha nela o santuário onde consagrava a sua paixão. Fazia dela o ídolo que seria, o guia espiritual da sua vida, o farol que alumiaria os seus caminhos, a fonte da qual beberia a inspiração para novas iniciativas e empreendimentos.

A Macisse partilhava da mesma paixão pelo esposo. Admirava-lhe a dedicação a si e retribuía os afetos com redobrado fervor; envolvia-o com uma aura de calor e confiança que eram uma premonição de um lar harmonioso e próspero. Ela multiplicava-se nos afazeres do lar, livre dos constrangimentos da casa paterna do esposo, embora os progressos da gravidez lhe roubassem o entusiasmo que punha nas rotinas da casa, assim como a movimentação nas viagens ao mercado ou às mercearias das proximidades.

A sogra ou alguma tia prestável demoravam-se dois ou três dias em sua casa a fim de lhe conceder alguma assistência. Delas adquiria lições sobre os segredos da maternidade, dos cuidados a ter consigo própria e para com a criança, quase em vésperas de nascer.

Quem privou de perto com a Macisse antes daquele matrimônio e hoje com ela convivesse ter-se-ia apercebido de que uma mudança sutil se operava na sua personalidade. Ao caráter efusivo, alegre e brincalhão foi-se sobrepondo algum ensimesmamento, um distanciamento do mundo real que a rodeava. Suspirava como se o ar que respirasse se lhe entalasse no peito e a estrangulasse. Depois retornava à tona da realidade e prosseguia nas suas conversas e atividades.

Em algumas ocasiões, quando ainda solteira, a irmã Salva surpreendeu-a absorta em silêncios, como que a contemplar imagens interiores que a amedrontassem. Questionou-a sobre as razões desses episódios, embora ela própria os atribuísse à ansiedade que precede as cerimônias de um casamento.

– Não tenho nada com que te possas preocupar. Estou bem – assim respondia às aflições da mana Salva. Esta compreendia, tivera também as suas apreensões de mulher solteira em vésperas de casamento.

A gravidez da Macisse é um estado que enche os membros de ambas as famílias, a dela e a do esposo, de uma enorme expectativa. A primeira pergunta que fazem uns aos outros é: "será rapaz ou menina?"; a segunda é: "se for rapaz ou menina que nome vão lhe dar?"; outra a seguir: "com quem será parecido ou parecida?"; e outras mais.

Pelo princípio do mês de março irão celebrar oito meses de casamento.

– Como o tempo passa, meu Deus! – exclamava o Víctor, incrédulo com as mudanças operadas na vida de ambos. Afaga-lhe a barriga rotunda e ausculta os movimentos do feto. Sorri, feliz e orgulhoso.

– Daqui a dois meses seremos três pessoas nesta casa – adiantava à esposa, quase imobilizada pelo estado avançado da gravidez. – Pelo tamanho da barriga acho até que vamos ter gêmeos.

Ela devolvia a ansiedade do esposo com sorrisos ambíguos, sem calor.

– Sabes que temos gêmeas na família? – ele jubilava, a contemplar aquela possibilidade. Aludia às tias-avós Mbate e Kufene. Tomado de entusiasmo, deu novo rumo à conversa e dispôs-se a quebrar um segredo, um escândalo que ensombrou o prestígio da família e envolveu uma parente respeitada, muito acarinhada por todos. E adiantou:

– A história que te vou contar tem a ver com as razões por que a avó Kufene enviuvou. A tragédia da sua viuvez precoce começou no dia do casamento da sua própria irmã gêmea, a avó Mbate. Como é que isso sucedeu? A avó Kufene era já casada, fazia dois anos talvez, com um senhor que era um marceneiro muito habilitado e fazia mobílias para a vizinhança no bairro de Minkadjuíne onde viviam. Este senhor era bem falante, muito conhecido e respeitado, sempre pronto a ajudar com a sua arte e generosidade quem dele necessitasse. Então, como vinha dizendo, naquele fim de tarde do casamento alguém solicitou ao marido da avó Kufene para trazer da sua casa algumas bebidas que lá foram guardadas como reserva. Ele respondeu ao pedido com agrado e alívio. Afinal ia fazer uma pausa no vaivém das atividades da cerimônia. Montou na motorizada *Floret*, que era o seu meio de transporte usual, até símbolo de um estatuto diferenciado na comunidade. Embrenhou-se pelos becos a guinar, da esquerda para a direita; da direita para a esquerda, com a mota. Mas, se olhos atentos o acompanhassem teriam notado que na dobra de um beco parou e levou uma passageira com ar amedrontado no rosto. Esta acabava de abandonar a festa à socapa; ninguém deu-se conta da escapadela visto que a multidão de participantes encontrava-se distraída, todos entretidos em conversas, cantos e danças.

O marido da avó Kufene levou a passageira ao porto seguro da sua casa, a mesma que era a matrimonial, a mesma que partilhava com a esposa real e legítima: a avó Kufene. Aí o par demorou-se. O que por lá fizeram, no segredo do quarto, podes tu própria imaginar. Só Deus e as paredes foram testemunhas.

O Víctor concedeu uma pausa ao discurso para lubrificar a língua com uns goles de sumo de laranja.

– E depois? – a Macisse encorajou.

– E depois o quê?! Aquele ato não foi, nem mais, nem menos, do que um adultério consumado. Ambos acabavam de enganar os respectivos consortes; ele, a avó Kufene, e ela, o esposo, porque era casada, e recém-casada com o próprio ajudante do marido da avó Kufene. Se não fosse por obra de Deus o ato teria passado despercebido a toda a gente, assim ficava esquecido e sem castigo.

No regresso ao lugar das cerimônias o par utilizou a via da Avenida dos Irmãos Roby, para entrar pelo largo que ladeia o Centro Associativo e daí internar-se pelos becos, como fez à ida.

Mas, eis senão quando, perto da paragem de machimbombos[7] em frente à padaria Spanos, uma criança em correria cortou a passagem à motorizada do avô Kufene. Este, pela surpresa, guinou à esquerda e fez uma travagem brusca para evitar a colisão. Tarde demais; e então, o pior aconteceu. Ele embateu num poste de iluminação, foi cuspido e estatelou-se na varanda duma loja de capulanas[8]. Perdeu a vida nesse mesmo instante. A passageira teve igual sorte; caiu do veículo e embateu com a cabeça no passeio e fraturou quase todos os ossos do corpo. Uma ambulância ainda conseguiu levá-la às Urgências do Hospital Miguel Bombarda, mas quando lá chegou já tinha perdido a vida. Foi assim que aquele escândalo de amantismo veio ao conhecimento de todos nos bairros Zanza e Minkadjuíne, e terminou aquela relação de tristes memórias.

– Imagino o que depois sucedeu ao marido da falecida e à avó Kufene. Muito triste, sem dúvidas – rematou a Macisse, com genuíno pesar.

A noite foi deitando um manto negro sobre os céus da cidade, as histórias a discorrerem, uma após outra.

– As avós Mbate e Kufene eram mesmo gêmeas, até no destino. Ambas nasceram já carimbadas pela mesma sina, que foi a de perderem os maridos em circunstâncias trágicas que foram as suas mortes.

O marido da avó Mbate, que eu nem cheguei de conhecer, era trabalhador nas minas da África do Sul. Como aconteceu a muitos que lá estiveram contraiu uma doença dos pulmões e foi repatriado para sua terra, em Massinga. Aí padeceu durante alguns meses sem que os cuidados nos hospitais e da esposa lhe valessem. Acabou por morrer ainda jovem, cheio de sonhos de ter um lar alargado e feliz.

---

[7] **machimbombo**: ônibus.
[8] **capulana**: tecido colorido, muito comum em Moçambique, com o qual as mulheres enrolam o corpo.

— Esse é o sonho de qualquer ser humano – encorajou a Macisse, atenta ao relato do esposo.

— A verdadeira tragédia aconteceu depois. Não foi só a viuvez que levou a avó à desgraça, mas sim o que sucedeu algumas semanas depois da morte do marido.

— E isso o que foi? Lá diz o outro: "um mal traz sempre outro pior na cauda" – comentou a Macisse, intrigada pelo fato de que se a viuvez fosse um mal de pouca monta que outro pior poderia ter acontecido?

— A família do avô Mbate, que este era o seu apelido[9], juntou-se e resolveu convocar uma reunião para se decidir sobre o futuro da nova viúva. Uns propunham que deveria juntar-se maritalmente ao irmão mais velho daquele; outros, que ela deveria perder todos os bens deixados pelo defunto, pela simples razão de que ela não concebera e nunca teve um filho do defunto esposo.

— Sempre a mesma questão dos familiares dos maridos se intrometerem na vida alheia.

— A possibilidade de ser terceira esposa do cunhado era a mais viável para a avó Mbate conservar-se no lar. Mas punha-se a questão dela própria decidir se optava pela via das tradições ou seguir o seu percurso na vida com autonomia.

— Ainda estou para conhecer uma mulher que decida pela sua própria vida nestes nossos meios. As tradições são implacáveis nisso e certas famílias seguem-nas com um rigor quase religioso. Posso até dizer que são algemas nas vidas de muitas mulheres.

— Algumas tradições são isso mesmo, normas em que se baseiam os princípios de vida de milhares de famílias, e não se pode fugir a isso – disse o Víctor. – Na verdade, o casal não tivera filhos depois de cinco anos de matrimônio, e isso no nosso meio é um pecado, um grande pecado. O avô Mbate não teve história de alguma vez ter sido pai, ou dalguma aventura com mulheres fora

---

[9] **apelido:** parte do nome da pessoa que indica seu vínculo familiar; nome de família. No Brasil diz-se "sobrenome".

do casamento. Na opinião dos parentes a avó é que era incapaz de conceber e trazer um filho por que todos ansiavam. A culpada dessa falta, aos olhos de todos, só poderia ser ela.

– Como sempre acontece...

– Dada a relutância da avó em deixar-se desposar pelo cunhado a família decidiu invadir a casa, apropriar-se dos bens e expulsá-la do lar. Assim mesmo, sem tirar nem pôr. Claro que não faltaram vozes que a acusaram de "feiticeira... que mataste o nosso filho e irmão para ficares com a casa e todos os bens... vai *masé* embora daqui e arranja um lugar onde possas fazer as tuas vontades com o suor do teu trabalho..." e coisas que em situações daquela natureza costumam dizer-se.

A Macisse meneou cabeça em desaprovação. Achava-se aliviada com a sua gravidez porque ao menos tinha alguma coisa para mostrar aos familiares do marido, a prova de que era capaz de lhes apresentar um descendente.

– E assim a avó Mbate, pior do que a sua irmã Kufene, enviuvou, seus bens legítimos da herança do falecido esposo confiscados e expulsa de casa. Teve acolhimento em casa da irmã Kufene. Desde esses dias vivem juntas e partilham do destino comum de mulheres viúvas, cada qual a tentar compreender a razão para estas adversidades que as punham nos caminhos dum destino sofrido e de um futuro cheio de incertezas.

Depois de escutar aquela avalanche de histórias a Macisse desejou apenas que a aparente maldição que afetava as mulheres dos Muthetos fosse apenas obra do acaso. O seu destino teria de ser outro, mais radiante e feliz.

Ao Víctor parecia que dava um prazer singular, profundo, o desfolhar de recordações sobre os seus familiares. Fazia de si um livro que se abria e donde a esposa deveria decifrar os contornos do seu caráter, para conhecê-lo por inteiro, para compreender os seus comportamentos e, sobretudo, para penetrar nos recessos das suas crenças e da sua cultura, numa viagem de regresso ao encontro com os seus ancestrais, ao seu próprio passado.

A narração daqueles episódios pela boca do Víctor poderia parecer a premonição do seu próprio destino: o dos escândalos domésticos consecutivos, a fatalidade de ser o protagonista principal no cenário de um lar fragmentado.

***

O mês de março anunciou-se com as habituais brisas frescas, com dias de um calor que abrandava e pela desfolhagem das plantas. Chegou e com ele trouxe surpreendentes novidades ao lar do Víctor e da Macisse.

Aquela tarde crepusculava quando o Víctor regressou da jornada do trabalho. Passara as horas distraído, apreensivo com o estado da esposa. Desde a manhã que ela se queixava de dores no baixo ventre, intermitentes e cada vez mais fortes. À chegada encontrou a sua mãe e uma tia atribuladas. Aquelas não tinham dúvidas de que o parto da Macisse era iminente; foram mães de muitos filhos e destas experiências conservavam memórias que sobravam. Uma ambulância chamada de urgência transportou a comitiva para a Maternidade. Nos rostos de todos transparecia um misto de sentimentos; apreensão, alívio ou dúvidas, emoções cruzadas pelo desfecho da ocorrência.

Por fim, às dezenove horas daquela terça-feira da segunda semana do mês de março a Macisse deu à luz uma criança de sexo feminino. A recém-nascida veio ao mundo com um vigor notável. Rosada como poucas, dava punhadas no ar e chorava a plenos pulmões. Pesava três quilos e meio, o que, segundo as parteiras, combinado àqueles sinais, eram provas inequívocas de um bebé nascido duma gravidez de termo.

O nascimento da filha do Víctor e da Macisse foi motivo de muito júbilo no seio da família Mutheto. As manas Salva e Cássia, e os parentes da Ilha Mariana solidarizaram-se nos festejos da recepção da recém-nascida com mensagens e prendas. O casal era tido em muito alta estima pelos membros de ambos os agregados. Todos disputavam prioridades e direitos para lhe atribuir um nome. Claro que os nomes dos parentes do lado materno estavam excluídos das listas; e essa era uma questão que estava fora de discussão visto que a criança pertence aos Muthetos.

As avós, reunidas em conselho, deliberaram sobre o mesmo assunto. Nunca existiu, não existe e jamais existirá nesta família quem se não identifique com algum ancestral pelo nome. Cada membro que dela faça parte deverá ser o fio condutor, representar a continuidade dalgum predecessor – vivo ou morto –, pelo nome e pelos seus feitos. Depois de prolongados concílios, o tio-avô Jaime Mutheto deu o seu aval às propostas apresentadas. Ele, como se grafou acima, era o único ancião da assembleia, honorificamente designado "o chefe supremo da família".

Havia um rol de rituais que era necessário planificar e realizar, pelo respeito aos usos e costumes da família, às tradições. Assim, na madrugada daquela terça-feira, na qual se comemorava o sétimo dia depois do seu nascimento, a filha do Víctor – porque assim as avós preferiam chamar à recém-nascida – foi submetida a um ritual de purificação. Na clausura da barraca da avó Shoniwa uma maga proveniente de Xinavane, de nome vovó Nzina, presidiu à cerimônia. Aspergiu à bebê vapores de cozeduras, pronunciou discursos de desconjuro para expurgar e afastar os malefícios de espíritos que ter-se-iam albergado no corpo da infante; instilaram-lhe gotas de elixires nos olhos para enxergar o mundo com clareza; introduziram-lhe na boca gotas doutras fervuras para lhe conferir eloquência nos discursos; untaram-lhe a testa com pasta de casca de eucalipto para avivar-lhe a inteligência; esfregaram-lhe o umbigo com mãos cheias de pelos de lebre para lhe assegurar fertilidade e procriação.

No fim daqueles procedimentos, e por unanimidade, a filha da Macisse recebeu o nome tradicional de "Mihloti" o que, literalmente, significa "lágrimas". Lágrimas antigas recicladas para alimentar caudais de novos rios, doutras correntes, doutros lamentos, a profecia dum devir timbrado num nome. Afinal, um nome seria apenas uma homenagem? Não seria também o augúrio registado dum futuro, duma existência?

– Agora que cumprimos com as nossas obrigações tradicionais, aqui têm a criança para as vossas "cerimônias dos brancos" – assim a avó Shoniwa disse, a depor o corpo da Mihloti ao colo da Macisse, muda e serena, espectadora passiva do batismo tradicional de sua filha, conforme os preceitos dos usos e dos costumes dos Muthetos.

Na semana seguinte a "Mihloti" foi registrada na 2ª Conservatória do Registro Civil com o nome de Marcela de Jesus Mutheto e batizada na capela da Missão de S. José. Foram testemunhas e padrinhos o senhor Messias Timbana, respeitado funcionário dos Caminhos de Ferro de Moçambique e sua galante esposa, a senhora Edelvina Timbana, proeminentes cidadãos e vizinhos dos pais do Víctor.

A celebração daqueles eventos ocorreu com um brilho que se não iguala a nenhum outro acontecido na zona. Lá compareceram dignitários da comunidade, confrades e confreiras da congregação, colegas e amigos do dono da casa. Aquela era mais uma oportunidade para colocar aos olhos dos familiares e de todos os presentes a prova de quão harmonioso era o seu lar, quanto afeto envolvia o casal e quanto amor tinham pela criança recém-nascida.

4

DAS TURBULÊNCIAS CONJUGAIS, FAMILIARES E SOCIAIS

Sete meses decorreram depois do nascimento da Marcela de Jesus, a Celinha, como carinhosamente todos a tratavam. Naquele lar a vida decorria tranquilamente. Por força dos hábitos que se vinham acumulando, rotinas começaram a estabelecer algum equilíbrio no novo agregado.

O Víctor era um mouro a trabalhar. Fazia horas extraordinárias na empresa onde se empregara, e biscates em outras, a fim de angariar algum excedente em dinheiro, sobre o seu salário. Sonhava, um dia, iniciar o seu próprio projeto que era o de abrir um pequeno estaleiro de serralharia no quintal da casa, ou aí nas proximidades, não distante das pessoas que mais amava: a esposa e a filha.

A Macisse tomara da madrinha a lição de que "não te sentes sobre as tuas mãos", o que equivalia a dizer que deveria pôr a cabeça a sonhar e as mãos a trabalhar. Depois dos cuidados iniciais do período do puerpério montou uma pequena banca à entrada da residência. Aí mercava hortícolas, fruta variada e lenha. Uma fortuna não contava acumular, mas acreditava que o mais importante era iniciar algo que – sabe Deus – poderia levá-la a um estatuto como o da tia-madrinha da Ilha Mariana. Era uma forma de consolidar uma experiência em pequenos negócios e juntar os seus esforços aos do marido para a família ganhar alguma estabilidade e segurança financeira. Com a vinda de outros filhos as despesas multiplicar-se-iam; por isso, era imperativo e com antecipação, saber enfrentá-las.

O mês de novembro aproximava-se; com o mesmo as expectativas pelos festejos do Natal e do Ano Novo. A razão daquela ansiedade era que seria a primeira participação do Víctor naquelas celebrações acompanhado pela esposa e pela filha, na tradicional grande festa da já alargada família Mutheto.

O calor da época escaldava a atmosfera; durante as noites uma umidade quente asfixiava os habitantes, face a face com o eterno dilema de dormirem com as janelas e portas abertas, o que daria acesso aos mosquitos, sempre impertinentes e a transportarem os riscos da malária, ou franquearem a entrada a ladrões – que sempre os havia – à espreita dalguma oportunidade para aí se introduzirem e apropriarem-se de bens alheios. Outra alternativa não tinham os mais inseguros, que trancavam as entradas e entregavam-se rendidos aos suplícios das noites abafadas no interior seguro dos fogos e das peles abrasadas a destilarem correntes de suor.

Foi durante essa época que se anunciaram alguns eventos que vieram ensombrar o sossego no lar do Víctor e da Macisse. Até então a filha crescera saudável e robusta; vivaz e feliz. Ambos encantavam-se ao vê-la assim sorridente, a gatinhar pelos cantos da casa, a encher todos os momentos com a sua alegria. Nela tudo corria de feição. Pelas lições aprendidas das parentes mais velhas e das enfermeiras do posto de saúde, a Macisse cumpria com todo o rigor as instruções do plano das vacinações e da alimentação a dar à filha. Todavia, sem que nada o pudesse explicar, a criança começou a sofrer de insônias e doutras indisposições. Durante as noites agitava-se, sacudia o corpo e os membros com tal vigor que, dir-se-ia, pretender libertar-se de alguma força que a manietasse; e desatava num pranto que enchia a casa até à madrugada. Nada havia que a consolasse, nem o que a aquietasse. Rejeitava os alimentos que lhe pusessem à boca ou lançava-os em jatos de vômitos. Se conseguisse conciliar algum sono, adormecia num estado de agitação que lhe produzia tremores, os olhos rodavam nas órbitas como se enxergassem ou acompanhassem os movimentos de algum espectro e balbuciava sons como se respondesse a algum interlocutor que a interpelasse.

O estado de saúde da criança agravava-se a olhos vistos. A angústia e a dúvida instalaram-se no lar do Víctor e da Macisse. O que estaria de fato a suceder? Que maldição invadira a sua paz? Era urgente que ambos buscassem algumas respostas às inquietações.

As consultas no posto de saúde redundavam em fracassos. As enfermeiras pronunciavam sempre o mesmo veredito:

– Esta criança não tem nada. Não tem febre e o peso está conforme. Pode ser apenas da dentição. Isso vai passar.

A condição da criança, porém, continuava a deteriorar-se. O Víctor alertou a mãe que, por sua vez, informou a dela sobre o problema em curso no lar. A mensagem chegou às irmãs, às primas, às tias e às avós. Tamanho infortúnio jamais se registrara na família. Era uma novidade que a todas preocupava. E perguntas não se fizeram tardar nas bocas das anciãs.

– O que significa isso? Uma criança assim tão doente como dizem que a Mihloti está, e os médicos, mais os enfermeiros lá do posto, não descobrirem qual é o mal preso no corpo dela?

– Que tipo de doença é essa? E depois o que é que está a causar esses estremeções que lhe sacodem o corpo dia e noite?

– E fala sozinha como uma pessoa adulta...

– Vomita por quê? Se emagrece para onde vai a comida que consegue engolir?

– Se chora tanto e se sacode daquela maneira deve ter medo de alguma coisa.

A experiência de vida da avó Shoniwa dizia-lhe que o problema da bisneta tinha outra dimensão, uma maior envergadura do que os restantes membros da família poderiam alguma vez supor. Conhecia um reportório de casos, desde os seus tempos de adolescência, de casada – duas vezes casada – e do tempo presente, relacionados ou com algo de comum com o da Mihloti. Dessas épocas, retinha memórias. Aprendera que ser-se passivo ou admitir a existência de males físicos, eram explicações simplistas que conduziam a catástrofes, que desintegravam parentescos e amizades.

Ela não exteriorizou os seus sentimentos. Já imaginava a avalanche de reprovações e protestos, mais o azedume que as suas suspeitas iriam causar, sobretudo da ala das mulheres mais novas do agregado, sempre ancoradas nos ensinamentos das escolas dos padres.

– Se no hospital não conseguem dizer qual é a doença que está a matar a nossa neta não vejo outra saída senão "andarmos aí a procurar as causas". Não podemos ficar de braços cruzados a ver a criança a morrer – sugeriu à pequena assembleia da família, na qual estavam presentes os pais do Víctor, duas tias moderadas e uma legião de avós e bisavós do dono da casa.

– Não estou lá muito de acordo com a ideia, mas se é para o bem da criança e de toda a família não vejo outra saída – assim concordou o pai Mutheto, embora com a habitual relutância em misturar coisas da religião com curandeiros.

Os restantes elementos do ajuntamento, como era protocolar, assentiram para manifestar o seu alinhamento com a proposta da avó Shoniwa.

Ao entardecer daquele sábado a vovó Nzina, na companhia de uma ajudante, fez a sua aparição no fogo onde viviam o Víctor e a Macisse. À frente da delegação dos membros da família Mutheto destacava-se a avó Shoniwa, símbolo do poder espiritual, o alicerce vivo do clã Mutheto.

Lia-se apreensão nos rostos dos presentes. Na atmosfera penumbrosa da sala de estar evolava-se um perfume de essências de ervas; uma tênue nuvem de fumo criava um ambiente diáfano e desenhava figuras irreais, de fantasmagoria. O silêncio cumpliciava, como se naquele ambiente se aguardasse pela materialização de alguma figura ou pela descida de alguma imagem do espaço para quebrar o sublime encantamento ao qual todos se submetiam. Iam testemunhar e participar nos rituais que trariam à tona os motivos daquela que parecia uma maldição que perturbava a tranquilidade no lar do Víctor.

A maga de Xinavane desenroscou a gravidade da voz e iniciou

os rituais por apresentar-se aos presentes: aos vivos e aos defuntos. Para estes dirigiu um solilóquio cheio de interjeições e soluços, numa língua que não era do entendimento dos vivos, solicitou-lhes inspiração para a boa execução das cerimônias, assim como pela descoberta dos motivos reais do sofrimento da Mihloti.

O ajudante da maga Nzina estendeu uma esteira no chão. Aí depôs cestos e sacolas donde extraiu frascos que continham pós multicores, ossículos de pequenos animais, caveiras de símios, peles de serpentes, penas de corujas e uma coleção de caudas amputadas de búfalos. De cócoras, dirigiu uma saudação à curandeira e convidou-a a iniciar a cerimônia de expurgação.

A adivinha aparamentou-se de panos de cores berrantes com imagens de animais, cruzou um lenço sobre a fronte e colocou uma cabeleira barrenta sobre a cabeça. Sentou-se de pernas cruzadas e, de olhos cerrados, murmurou um outro monólogo em que abundava o nome Mutheto. O seu corpo foi, paulatinamente, tomado de um tremor fino. Fazia a travessia deste mundo a caminho do dos defuntos; ressuscitava-os para com eles dialogar no mistério doutro universo.

Entrou em pleno transe ainda na busca dos acessos para o além. Agitava uma das caudas numa das mãos e com ela desenhava círculos à sua frente. Ergueu-se sobre os joelhos e auscultou os cantos da casa. Espirrava em intermitências, sem, contudo, fazer pausa na movimentação pelo compartimento. O auxiliar acompanhava aquele segmento do ritual a seguir de perto os comportamentos da adivinha. De súbito, aquela retesou o corpo e emitiu um grunhido animal, prolongado e medonho. Caiu para o lado, inerte e desfalecida.

Uma pausa de estupefação paralisou os presentes. O que teria a maga descoberto que a levara ao desmaio?

O assistente reergueu-a e sentou-a sobre a esteira. Ainda tomada pelo transe proferiu aquele discurso que escandalizou os presentes e trouxe ao conhecimento de todos a verdade oculta no seio da família. Pela sua boca os deuses falaram:

"Sou Gunduza, Gunduza Muhlati Mutheto, do curral Muhlati, dos campos de Mutheto, povoados pelos espíritos dos nossos ancestrais. Sou Gunduzane, filho e porta-voz da comunidade dos Muthetos, por eles mandatado e enviado ao convívio com os vivos. Sou Gunduza, o emissário dos deuses. Aqui me encontro no vosso seio, no seio dos continuadores dos antepassados para manifestar a indignação que atormenta as nossas mentes e tumultua a nossa tranquilidade. A nossa paz, que deveria ser eterna, uma vez mais, foi alvo dos vossos atos imponderados. Porque a violação de preceitos de respeito secular pelos costumes e pelas tradições abriu fissuras na nossa unidade e permitiu que os nossos valores, os mesmos que de nós fazem uma linhagem pura e coesa, foram por vós conspurcados. A indecência encontrou abrigo à sombra das nossas cabanas. A vergonha maculou a pureza da nossa honra e do nosso prestigio. Cabia a vós, presentes neste tribunal, compreender que os vossos atos eram desafios à nossa doutrina. Desatentos, não perceberam os sinais do profundo descontentamento dos antepassados. Passaram por cima da evidência de que os deuses se revolviam nas campas. Deixaram-se cegar pelas miragens do vosso tempo. Perderam o senso e deixaram-se embriagar pelas ilusões do presente. Onde está o vosso orgulho pelo nome que ostentam? Chegou o momento de restabeler a ordem nos nossos campos, de restaurar o bom nome e a pureza da nossa linha, a linha dos Muthetos", a voz gorgolejada da maga assim transmitia o preâmbulo da intervenção do emissário dos deuses. E prosseguiu:

"Nos nossos estábulos vemos uma ovelha que não pertence ao nosso rebanho. Existem cores estranhas e desconhecidas nas malhas da pele entre as nossas criações. Vemos sangue estrangeiro a correr nas veias dessa ovelha por vós introduzida no seio do nosso nome. Cabe a vós, os autores dessa heresia, corrigir ainda em devido tempo, a falta cometida.

Foram abundantes os sinais que enviamos, mas estes foram ignorados e desconsiderados. Entre vós instalou-se a complacência, o desrespeito e o desdém. Entre nós, no seio da família Mutheto, acomoda-se um hóspede cuja origem desconhecemos. Entregamos a vós a responsabilidade de velar pela observação ao respeito pela pureza do nome que todos ostentamos. Vã foi a confiança e inúteis os sinais.

Não nos dirão por que razão essa criança definha ao colo da mãe? Que padecimentos são esses que lhe atormentam o sono? Por que se solta em prantos sem fim? Por que convulsa o seu corpo? Que nos digam: quem cega os olhos aos médicos que não descortinam nela nenhuma enfermidade? Fácil seria dar-lhe o destino de muitos, chamá-la ao encontro dos seus legítimos antepassados. Porque o nome que ostenta e detém não é o nosso. Mukweto ainda está para ter um descendente a quem dê o apelido Mutheto", a boca da vovó Nzina estremeceu e o tom do discurso foi perdendo o timbre inicial. Parecia exausta com o calor da preleção.

"Cabe a vós, aos vivos e coniventes nesta prática, restaurar a honra perdida, para devolver aos mortos o seu direito à tranquilidade", assim concluiu a intervenção. Aos poucos foi readquirindo a sobriedade e a lucidez.

Um suspiro prolongado preencheu o silêncio que se abatera no compartimento. Era o fim de uma acusação grave que recaía sobre todos os presentes. Os olhos da assistência volveram-se, num movimento comum, aos rostos da Macisse e do seu marido Víctor.

Os horizontes onde a Macisse se movimentava ofuscaram-se com uma neblina que caiu brusca. O compartimento começou a girar à sua volta numa rotação que a entontecia. As figuras que tinha diante dos olhos não pertenciam às mesmas pessoas que conhecera; eram, sim, as de seres deformados, monstruosos, que exibiam sorrisos de escárnio e vociferavam blasfêmias e maldições. Sentiu-se deslizar para as trevas de um profundo precipício; coveiros trajados de luto arrojavam pazadas de terra e pedregulhos sobre o seu corpo que jazia no fundo do abismo. No instante seguinte sentiu tal leveza, tal transfiguração em si que parecia flutuar na atmosfera e, paulatinamente, desintegrar-se na lonjura dos céus. Na viagem pelo desfalecimento cruzava caminhos com imagens multiplicadas do tio Gabriel; umas interceptavam-na e cortavam-lhe o passo; outras perseguiam-na, sempre a esgrimir punhais ou lâminas ensanguentadas de machadões.

A Macisse despertou do pesadelo para, no instante seguinte, mergulhar noutro pior: a família Mutheto de bocas emudecidas de assombro à espera de uma explicação.

***

– Não acredito nem uma palavra de tudo o que essa velha disse – insurgiu-se o pai do Víctor, habitualmente relutante sobre a competência e a seriedade dos curandeiros. Aquilo cheirava-lhe a manobra montada pela Shoniwa.

– A avó Nzina não inventou nada. Os nossos antepassados é que falaram pela boca dela – a avó Mbate rebateu, de testa franzida.

– Eu sabia que tinham "comido[10] o apelido" da criança. Desde o princípio que vi sinais disso – a avó Shoniwa finalmente abriu a caixa de segredos que guardava no peito. – Da minha boca nunca saiu esta pergunta: "o que há de estranho nesta rapariga para eu não gostar dela?". Sempre me cheirou que não era séria de todo. Agora a prova aqui está de que eu tinha razão. Fomos todos enganados. E bem enganados. Mas que vergonha!

– Então se você sabia por que razão não falou? – o avô Jaime quebrou o seu mutismo tradicional para desferir um olhar reprovador à prima.

– Bem contado o tempo depois do casamento deles, esta criança nasceu com oito meses. Querem outra prova de que ela se casou grávida? – outra achega pela voz da avó Mudjapana, perita no registro de datas em que ocorriam os grandes eventos da família. Ela assinalava cada mês depois do matrimônio

---

[10] **comido**: filho com apelido (sobrenome) "comido" é o mesmo que filho bastardo.

do sobrinho-neto com um nó no fio de miçangas que cintava à bacia. Era o calendário vivo dos Muthetos.

– Se esta criança perder a vida nesta casa nem quero imaginar a quantidade e a gravidade dos problemas que vamos ter. Seria o mesmo que hospedar um mukwassana[11] a tormentar a vida a toda a gente, e teríamos que devolvê-la à família legítima, que até agora não sabemos qual é – a avó Mbate alertava sobre as atribulações que acarreta ter numa casa filho doutrem com um apelido "comido".

– O Mukweto vai decidir sozinho o que há de fazer com mulher dele e com a criança. Todos ouviram bem aqui que não podemos ter este tipo de estranhos na família. Ele lá sabe como vai fazer... – a avó Kufene a sugerir uma solução que, para ela e para todos, era óbvia. Descarregava ao neto toda a responsabilidade pelo escândalo.

O Víctor era um homem atarantado. Testemunhara e assistira, quedo e mudo, àquela conversa entre os parentes. Muitos e variados sentimentos atropelavam-se na mente, um novelo de emoções muito intrincado e difícil de desfazer. Obviamente que aguardava por uma próxima oportunidade para um apertado interrogatório, para ela refutar os pronunciamentos da curandeira e justificar determinados incidentes ocorridos antes e durante o matrimônio. Que a filha não fosse sua nunca lhe passara pela cabeça. Porém, o desmaio da Macisse depois do ritual falava por si. Era um incidente que, nem mais nem menos, constituía uma prova de admissão de culpa à acusação frontal dos espíritos. E se a criança fosse de fato sua? Bebês prematuros nascem todos os dias. Não teria ela perdido os sentidos pela violência do choque da acusação que aqueles lhe faziam, que afinal dirigiram a todos os delegados do agregado ali presentes?

Das tias e das avós escutara histórias de filhos bastardos que penaram suplícios nas famílias dos seus supostos pais por-

---

[11] mukwassana: espírito maléfico encarnado por alguém.

que os seus verdadeiros antepassados reclamavam pelo uso dos seus legítimos apelidos. Com a filha dar-se-ia o mesmo? Teria a Macisse cometido a vileza de traí-lo antes do matrimônio? Se a Marcela de Jesus não era uma Mutheto legítima, qual seria então o seu verdadeiro apelido?

Aquelas eram perguntas que colidiam e provocavam remoinhos no pensamento. Questões sem respostas imediatas, mas que esperava obter nas próximas horas.

Aquele encontro terminou no meio duma algazarra total. Todos falavam ao mesmo tempo, erguiam as vozes, cada qual queria ser escutado, as suas opiniões analisadas, as suas decisões acatadas. O centro da discórdia residia na pessoa da Macisse, que "se infiltrou na família com o fim de semear discórdias, desconfianças e violência". Convergiam, porém, num ponto: a Macisse teria de contar, com todos e esmiuçados detalhes, a razão pelos seus procedimentos, os de casar com o Mukweto sabendo-se grávida doutro homem, e atribuir-lhe uma paternidade a que àquele era estranha.

Depois daquele ritual fatal várias reuniões sucederam-se na casa da Macisse. Desfiles de tios e tias, avós e bisavós do Víctor cercaram-na com perguntas. Ela era uma mulher num estado de profundo abatimento, de abandono a si própria sobre o cume duma montanha que apenas possuía duas encostas, ambas íngremes e pedregosas. Balançava no maior dilema que jamais enfrentara na vida. Revelar a verdade? Se o fizesse, cairia precipitada no escândalo de perder um lar que se prometia feliz, em menos de um ano de matrimônio, o de arrastar consigo a vergonha pela traição e pela humilhação de trazer uma filha ilegítima para aquele lar. Por outro lado, e também traria ao conhecimento de todos a evidência daquele outro: a exposição da relação forçada com o tio Gabriel.

Que diria então a sua própria família sobre aquele incidente grave que já afetava a sua vida conjugal? Quem iria acreditar na sua versão? O próprio tio seria o primeiro a refutar a acusação, a negar qualquer envolvimento no caso. Como iria enfrentar as irmãs, o cunhado, a madrinha, os amigos e toda a comunidade que nela se revia e copiava exemplos de determinação, de honestidade e de honradez?

Ouvira dizer que entre dois males era preferível escolher o menor. Destes, porém, qual era o maior, qual o menor? A balança da sua indecisão não pendia para lado algum. Manter o sigilo, cobrir com uma sombra de dúvida a paternidade de Makweto no seio dos familiares deste talvez fosse uma opção a considerar, pensou. Todavia, se assim o fizer perpetuaria uma mentira, uma dissimulação que no futuro afetaria o relacionamento da sua filha com os demais membros da família.

Os silêncios aos interrogatórios eram, para os familiares do esposo, os sinais clarividentes da culpa da Macisse. Ela limitava-se a circunvagar o olhar pelas paredes da habitação. A sua boca emitia apenas suspiros prolongados. A sua dor já deixara de o ser, naquela dimensão de aceitação e tolerância como um fato inevitável, mas passageiro. Era sim a resignação, uma rendição a uma fatalidade que marcava o seu destino.

A comunidade do bairro badalava a história da Macisse aos quatro ventos, o escândalo de um matrimônio que nem um ano durou. Ela tornou-se a figura central da brejeirice popular, o exemplo vivo da desonestidade e da imoralidade, o da perda de valores pelas raparigas daquela geração.

O Makweto encontrava-se ausente. Como habitualmente, partira cedo para a jornada do dia.

Ao meio dessa manhã a Macisse arrumou os seus haveres e as roupas da filha em duas sacolas. Fê-lo com muitos vagares, quase ao abandono. A primeira etapa da sua longa viagem teria início nesse dia e essa seria a deserção da casa matrimonial. Onde terminaria? Essa era uma pergunta cuja resposta ainda desconhecia.

Transpôs o portão do quintal da casa e entregou-se ao vento.

5

DAS COGITAÇÕES AO LONGO DA CAMINHADA

Quem visse a Macisse a caminhar diria que o dela era um corpo abandonado a si mesmo, algo que se movesse sem vontade própria, sem uma direção calculada.

A mala de roupa balouçava sobre a cabeça; às costas a criança dormia um sono solto, como desejaria que o dela, a Macisse, fosse, profundo e duradouro; nas mãos transportava as sacolas que continham as roupas da filha.

Cruzou-se com homens e mulheres. Todos deitavam olhares de admiração pelo ar ausente daquela transeunte que de vida apenas revelava alguns sinais, pela marcha e pelo pestanejar dos olhos. Atravessou interseções de caminhos, largos uns, estreitos outros; contornou becos entre cercas de zincos e de caniço nos bairros populosos do Chamanculo, do Silex, do Mbongolwene, e outros que a memória olvidou. O seu passo era lento, de quem não tinha nenhuma urgência em alcançar as portas de algum destino. Afinal, para onde se dirigia e com que propósito? Para si própria as respostas eram vagas conjecturas.

Nas proximidades da capela do Grêmio, à saída do bairro do Chamanculo, afrouxou a marcha. Escutou distraidamente o sino da capela a badalar as dez horas da manhã. Pombos levantaram voo, cruzaram o espaço e voaram ao encontro do sol. Transpôs o portão e penetrou no recinto, embora desconhecesse para que propósito o fazia e sentou-se sobre a escadaria do templo. A criança despertara e remexia-se de fome. Deu-lhe o seio e, de repente, assaltou-lhe a ideia de deixar a filha naquele lugar e prosseguir o seu caminho. Teve um baque no coração por contemplar semelhante possibilidade. Que monstruosidade propunha-se a cometer, a de abandonar a sua própria criança ao relento, ao cuidado de ninguém, movida apenas pela remota esperança de que alguma "irmãzinha" caridosa a achasse e a entregasse aos cuidados dalgumas samaritanas? Espantou-se com a sua própria audácia.

Ergueu-se de brusco, envergonhada pela intenção e assustada pelo peso do ato que iria cometer. Estugou o passo e prosseguiu a jornada com um destino ainda por definir. Ia a cantarolar. Entre as notas da cantilena entremeava breves solilóquios. Ou cantava e dialogava com a filha que transportava às costas?

"Nasci na sina da maldição, não conheci a mãe que me trouxe para este mundo tão vil e cruel. Tu também Celinha, foste concebida naquela relação maldita. Nasceste já marcada pelos sinais da infelicidade. A minha maior e pior desgraça aconteceu durante aquela viagem onde fui abusada e violada pelo meu próprio tio. Se tentei enganar o mundo com mentiras sobre a gravidez e sobre o responsável pela mesma foi para não manchar a minha imagem e causar agitação na família. Bem poderia ter abortado, mas carregar o remorso de ter morto a minha própria filha seria um pesadelo maior que iria perseguir-me pelo resto da vida. Negar-te o ser seria o último ato da minha vida. Não confessei a ninguém a brutalidade daquela relação porque quis evitar outros males. Até hoje sufoco com o peso deste segredo. Ao menos que vivam em paz os que esse mal praticaram, os que se encobrem com as cores da falsidade. Pior mentira é aquela em que vivem, o fingimento de pessoas honradas, de harmonia, de bem-estar e de paz. Por essa razão levo-te comigo, minha filha. Carrego a vergonha por ter faltado à verdade sim, mas procuro encontrar coragem para enfrentar a condenação pelo mundo. Toda a gente fala e condena-me, mas alguém terá a mínima ideia sobre o lugar onde se encontra a verdade? Serei só eu a culpada pelos escândalos que estão a abalar toda a família? Um dia saberás a história real sobre o teu nascimento, sobre mim e a tua verdadeira origem. Para onde vamos só a minha mãe – e tua avó – nos pode segredar.

Ela orienta os meus passos e alumiará o caminho para a nossa salvação, ela indicará a direção que vou dar à minha vida, à tua vida, disso estou certa. Onde ela se encontra acompanha o meu sofrimento e saberá guiar-nos para dar sentido ao nosso futuro. Nem tudo está perdido, Celinha. Saberei tomar conta de mim e de ti. Alguma família caridosa achará no seu lar um abrigo para nos acomodar. E é daí que daremos os nossos primeiros passos para uma aprendizagem na nova maneira de viver. Se posses tivesse iria para longe desta miséria, para outros lugares onde a justiça, o respeito pela dignidade dos outros sejam realidades; um lugar onde haja compreensão e tolerância. Mas, será que esse lugar existe, Celinha? Se existe então vamos encontrá-lo.

Piu, piu, piu...
Mina ni fana
Ni xihukwana
Loko xi feliwe
Hi nyini wa shona
Piu, piu, piu..."[12]

Cruzou-se com um vagabundo, das dezenas que deambulavam pelos bairros. Aquele tinha um ar sombrio, o rosto manchado de fuligem de sujidade e envergava roupas imundas e esfarrapadas. O olhar era vago, de quem os horizontes que enxergava se haviam confinado na busca de alguma referência onde ancorar a miséria. Transportava às costas um fardo que lhe vergava o corpo. A Macisse deitou-lhe um olhar de comiseração em resposta ao qual aquele balbuciou:
– Minha filha, pode ajudar-me com um pedaço de pão? Tenha piedade deste pobre de Cristo.
Involuntariamente, a Macisse abrandou o passo. Seria aquele algum mensageiro dos deuses que vinha espiar o seu calvário entre os vivos? Ou algum companheiro de desventura que

---

[12] Tradução livre do autor: *Sou como um pintaínho/Que perdeu a companhia de sua mãe*

vinha recordá-la que não estava só naquele universo de sofrimento? Retomou a marcha e internou-se na profundidade do labirinto de casebres do Thlavane.

> *Mina ni fana*
> *Ni xihukwana*
> *Loko xi pfumala*
> *Nyini wa shona*
> *Piu, piu, piu...*

Parecia que aquela jornada seguia os trilhos que a conduziam ao mesmo ponto de partida. Tudo o que via ao redor tinha os contornos e as semelhanças com algo que já conhecia. Ou seriam imagens que a memória redescobria e transportavam-na ao passado? Mesmo nas feições das pessoas com quem se cruzava existiam traços que se confundiam aos dos parentes, dos familiares e dos amigos.

O sol abrasava e escaldava as areias dos caminhos. Ela sentia a cabeça a estalar como se no seu interior uma bomba estivesse prestes a explodir. A criança remexia-se, muito desconfortada pelo calor e pelo aperto dos panos. Parou e sentou-se sob a ramagem de uma mafurreira[13] frondosa. Retirou a criança das costas e sentou-a sobre as suas próprias pernas estendidas. Circunvagou o olhar pelas cabanas vizinhas. Transeuntes caminhavam naquele largo; uns saudavam-na, outros nem isso, cada qual imerso nos mistérios dos seus próprios pensamentos.

Aquela cabana de madeira e zinco ali defronte, de si separada apenas pela largura daquele caminho, despertava na Macisse alguma familiaridade. Já ali estivera. Como ali chegara não pode dizer ao certo: talvez algum instinto para aí a orientasse e conduzisse. Prestou mais atenção às características do fogo. Aquela era a residência dos padrinhos de casamento da mana Salva.

---

[13] **mafurreira/ mafureira**: árvore de cuja semente "mafurra" se extrai um óleo usado para temperar alimentos.

Como viera aí ter, naquela casa que se plantara no coração do Thlavene, vinda de tão longe como era o bairro do Chamanculo?

Permaneceu sentada na berma daquela via uma porção de tempo que lhe pareceu uma eternidade. Se até ali chegara fora, com certeza, sob o comando de alguma força sobrenatural. Aquela obstinação transformava-se num tormento. Se aos pórticos da capela do Grêmio a ideia de deixar a filha ao cuidado das freiras fora uma espécie de faúlha na mente, agora detinha-se a contemplar a mesma intenção, já um lume vivo: a de entregar a Celinha às mãos de alguém que pudesse acolhê-la e dar-lhe uma educação condigna. Nesses pensamentos já escutava recriminações dos parentes, dos amigos e dos vizinhos sobre a monstruosidade de abandonar a filha em mãos de estranhos para perseguir destinos obscuros. Já lhe enchiam os ouvidos os discursos de condenação pela vileza que era deixar a própria filha ao Deus-dará.

Aproximou-se ao portão daquela habitação com vagares, dir-se-ia que o fazia a medo, furtivamente. Bateu ao mesmo com três pancadas suaves. De dentro não obteve nenhuma resposta. Repetiu o gesto com algum vigor.

Do recinto do quintal destacou-se a figura de uma rapariga que, pelo que parecia, encontrava-se a meio de algum labor doméstico.

– É aqui onde vive o senhor Ruben Maculuve? – inquiriu, com voz trêmula.

Do outro lado da entrada a rapariga assentiu com a cabeça. Achara a figura daquela mulher algo estranha, úmida de suor, o rosto a deixar transparecer sinais de muita fadiga. O que mais estranheza causou à rapariga era aquele ajoujamento de bagagens, o que lhe sugeriu que era uma pessoa algo perdida e que finalmente achara o destino que procurava.

– Posso entrar? – pediu
– Sim, pode – aquela consentiu.

A porta foi-lhe franqueada com alguma suspeita.

No espaço daquele quintal em tudo parecia evolar-se tranquilidade. Tudo envolvia-se de um silêncio que confortava. A sombra da mafurreira que se derramava no chão refrescava o lugar que lhe foi servido para sentar-se. Libertou a criança das amarras da capulana. Retesou o corpo, dorido da marcha, do calor e do peso da filha.

– Chamo-me Macisse e sou irmã da afilhada do senhor Ruben e da senhora Marta. A minha irmã chama-se Salva e vive na Aldeia dos Pescadores, na Costa do Sol.

– Conheço a sua irmã. Vocês são muito parecidas – disse a moça com um certo alívio a iluminar-lhe o rosto. Reconhecê-la era um fardo a menos na consciência. Poder-se-ia dar o caso de franquear as portas da casa a alguma pessoa mal-intencionada, que as havia por aí em abundância.

– Gostaria de falar com a madrinha Marta, se ela estiver em casa.

– Neste momento a tia Marta está no mercado. Como deve saber, ela tem uma banca de peixe no bazar do Adelino, e só volta para casa muito tarde, às vezes à noite.

A Macisse suspirou profundamente. Pensamentos entrechocavam na cabeça. Como anunciar àquela rapariga que a sua intenção era a de deixar a filha aos cuidados da dona da casa, explicar-lhe toda a sua situação presente, e jurar a promessa de que um dia viria resgatar o favor pela proteção que a família poderia proporcionar?

A rapariga olhava para aquela criança com curiosidade e ternura. Levou-a nos braços e perguntou pelo seu nome.

– Ela chama-se Celinha, mas o verdadeiro nome dela é Marcela de Jesus.

Toda a tensão que se criara à chegada da Macisse àquela habitação diluiu-se. As atenções da anfitriã eram todas para a criança. Aquela sorria, correspondia ao gesto de carinho com os braços levantados no convite para um abraço.

– O bazar do Adelino não fica muito longe daqui. Posso deixar a Celinha contigo para ir conversar um pouco com a madrinha Marta? – perguntou a Macisse a erguer-se do chão. – As roupas da criança estão neste saco, assim como os leites. Não me demoro, só vou saudar a madrinha e volto num instante.

– Não há problemas. Pode estar à vontade, comigo a criança estará segura – assim consentiu a moça, sem nenhuma reserva de desconfiança.

A Macisse beijou a filha na testa e empreendeu a mais penosa e longa caminhada da sua vida naqueles quase vinte metros que separavam aquele portão dos braços da sua filha Marcela de Jesus.

E deu asas ao vento.

> *Piu, piu, piu...*
> *Mina ni fana*
> *Ni xihukwana*
> *Loko xi pfumala*
> *Nyini wa shona*
> *Piu, piu, piu...*

6

DA SURPRESA AOS EVENTOS SUBSEQUENTES AO DESAPARECIMENTO DA MACISSE

A dona Marta regressou da jornada de trabalho com uma disposição que era a marca da sua personalidade. As estafas do dia de vendas naquele princípio da quadra festiva não lhe esmoreceram nem o entusiasmo nem o humor. Do negócio arrecadara uma receita que, comparada com as das outras vendedeiras, poder-se-ia considerar um grande lucro. Claro que entre aquelas havia algum abespinhamento disfarçado, um franzir de testas pela grande procura dos seus produtos e pela afluência da freguesia diante da sua banca. Ela ganhara boa reputação e ascendência no bazar e na comunidade pela sua generosidade, uma mão aberta pronta a auxiliar os menos favorecidos. Tinha um rosto redondo sempre iluminado por um sorriso que era como um raio de sol que confortava os espíritos descrentes de alguns, tocados por alguma forma de infortúnio. Nunca lhe faltou da boca uma palavra de consolação e de encorajamento aos mais céticos sobre o futuro das suas vidas.

Ela chegou ao lar já a gritar ordens para a sobrinha adolescente que era a sua assistente e protegida, a Josefina. Não conteve a surpresa ao ver a moça com uma criança cingida às costas.

– O que vem a ser isto? – conseguiu balbuciar.

A mocinha tomou nas mãos os cestos que a tia transportava. Sorriu e dirigiu-se para a cozinha.

– Este bebê é filha da Macisse.

– Macisse? Quem é a Macisse? – perguntou, com o sobrolho carregado, ainda sem arredar os pés do lugar onde se grudara. Não era hábito da sobrinha tomar à sua conta crianças das vizinhas, trazê-las para casa e permanecer com elas até horas tardias do dia.

— É a filha da Maria Cecília, a irmã da prima Salva, aquela que vive na Aldeia dos Pescadores. Ela esteve aqui no fim da manhã. Deixou a criança comigo e disse que ia ter consigo para cumprimentá-la.
— Comigo? — outra surpresa acrescida à primeira. — Não vejo essa essa rapariga há muito tempo. Onde está ela agora?
— Não faço ideia. Só me disse que ia ter com a tia no bazar e não voltou mais — repetiu a Josefina.

Estava tudo patente, cristalino: a Macisse abandonara a filha naquela casa e desaparecera para parte incerta.
— E agora, tia? — perguntou a moça a ler desnorteamento no semblante da tia.
— E agora o quê, minha filha? — aquela redarguiu, sem achar resposta. Esta era desnecessária, tão óbvia era a certeza de que a casa ganhara um novo hóspede, o lar, um novo membro. — A criança fica conosco até a situação se esclarecer.

Naquele estado de desorientação uma catadupa de emoções desfilou na mente da dona da casa. O que significava tão inesperado, impossível mesmo de conceber, um acontecimento daquela natureza naquele seu lar já privado de filhos que lhe dessem colorido e alegria? A sua fora a sina duma mulher a quem Deus não concedera a graça de conceber e procriar filhos. Já lá iam dezesseis anos depois do matrimônio e não pudera, até então, chamar a si o orgulho de se chamar mãe, nem o de facultar ao esposo a honra de ter um herdeiro. Aos tumultos de acusações e mal-entendidos, de tantos vexames e desafios, estabilizara graças ao amor do esposo. Hoje vivem numa relação equilibrada e harmoniosa, embora afetada aqui e acolá, pelo estigma da infertilidade.

Ela sentou-se sobre uma esteira, à porta do edifício principal, iluminado pelo halo de luz que se derramava de um candeeiro *petromax*. Aconchegou a criança ao colo. Esta abriu os olhos e alumiou o rosto rosado com um sorriso. Seria aquela a sua saudação, a manifestação de conforto ao calor que emanava dos braços e do peito da nova mãe? Por sua vez, esta sentiu a vibração de uma corrente de um calor maternal singular a percorrer-lhe o corpo. Estremeceu à experiência da nova sensação. A partir daquele instante compreendeu a mensagem que era uma resposta às suas múltiplas inquietações, às preces a Deus por alguma dádiva de um filho que pudesse acarinhar e amar com toda a devoção.

Surpresa maior teve o senhor Ruben quando, regressado da jornada de trabalho, apercebeu-se da presença de um hóspede na residência. Foi sua a vez de indagar.

– Estou a ver certo ou é uma criança que está a dormir na nossa cama?

A noite de serão no lar da família do senhor Ruben prolongou-se até o silêncio habitar os caminhos e a escuridão cobrir os fogos da vizinhança.

– Enquanto aguardamos pelo regresso da Maria Cecília façamos desta criança a nossa filha. Temos a obrigação moral de lhe dar toda proteção que merece porque foi essa, entendo, a razão pela qual a mãe a deixou ao nosso cuidado.

Oraram e glorificaram o Senhor pela dádiva de uma filha.

Naquela manhã os galos cantaram mais cedo. O eco dos seus cantos chegou a novos lugares. As portas do mundo acabavam de se abrir para deixar penetrar uma luz que resplandecia, a mesma que serviria de guia na nova existência no lar da família Maculuve.

As horas que se seguiram foram de expectativa. A qualquer momento a Macisse poderia aparecer, apresentar algum pretexto pela demora, reclamar pela devolução da filha e continuar a sua peregrinação. À tia Marta o peito oprimia-se pela ansiedade da espera. Lá no fundo do seu íntimo não desejava que isso sucedesse. Já se sentia a verdadeira mãe da Celinha. Tirá-la da sua custódia era como arrancar um pedaço de si, da sua alma e do seu corpo. Com muita relutância deixou a casa para ir atender aos negócios no mercado. Foi o corpo porque a sua mente permaneceu na residência. Deixou mil e uma recomendações à sobrinha Josefina:

– Não te esqueças de dar o leite à menina às dez horas… cuidado com as fraldas… não lhe ponhas esse gorro porque está muito quente... põe-na na minha cama quando estiver a dormir... e mais, muitos mais recados duma mãe atenta e dedicada. Outra transformação na vida ganhava novos contornos no lar dos Maculuves. Novas rotinas se desenhavam-se, algumas e inéditas atividades começavam a ter lugar.

O senhor Ruben tomou a incumbência de convocar uma reunião alargada das famílias que, de um modo ou doutro, tinham alguma relação com a Macisse e sua filha. Através de mensageiros enviou a notificação de que deveriam comparecer na sua residência no fim da manhã do domingo seguinte personalidades como a dona Salva, irmã da Macisse e seu esposo, o afilhado Silvestre; o Víctor, esposo da desaparecida e seus pais. Tratava-se de uma emergência familiar que todos deveriam discutir e solucionar.

Na manhã daquele domingo solarengo os convidados chegaram pontualmente à hora aprazada. Cada um vinha com uma preocupação íntima e particular. Todos sabiam de antemão que o assunto tinha muito a ver com o desaparecimento da Macisse e da filha. Traziam nos semblantes as marcas de uma grande preocupação. Compartilhavam do ar grave de consternação. Aquele ajuntamento mais se assemelhava à introdução para um velório.

Depois de acomodados na larga sala de estar os convidados acolheram a saudação do dono da casa em silêncio.

– São todos bem-vindos ao nosso lar. A razão deste convite tem a ver com a visita que nesta última terça-feira recebemos nesta casa – assim o senhor Ruben introduziu o caso aos membros da assembleia. Aqueles mantinham-se sisudos; atentos e mudos. Esmiuçou os detalhes da referida visita como se tivesse presenciado todos os episódios do mesmo.

– Com essas palavras quer dizer que a Macisse deixou a criança em vossas mãos e desapareceu.

– Exatamente. A nossa responsabilidade autoriza-nos a informar aos familiares diretos que ela entregou a nós a tarefa de zelar pelos cuidados à criança, e que todos devem estar a par da decisão que ela tomou.

O Víctor era uma estátua que apresentava algum alento de vida apenas perceptível pela respiração suspirada. Desde o instante em que, ao regressar do trabalho no fim da tarde daquela terça-feira, encontrou a casa em silêncio, desconfiou que algo de muito grave sucedera. Vasculhou pelos cantos da casa, chamou pelo nome da Macisse e pelo da filha; todavia, o que recebeu como resposta foi o eco das suas próprias palavras. No guarda-fatos[14] e nas gavetas as roupas delas haviam sumido. Sobre a cabeceira nem uma nota de despedida sequer. O que sentiu naquele momento foi um esvaziamento da alma, a perda daquilo que no íntimo mais estimava. Percebeu que do chão soçobravam os alicerces com que quis erguer o edifício da sua felicidade, que a família lhe havia retirado o que melhor o inspirava para vencer os obstáculos da vida, para ganhar o estatuto de ser um homem digno, respeitado e próspero. Concluiu que a Macisse não se resignara a aceitar as humilhações de que, todos os dias, era alvo, e partira para parte incerta onde poderia reencontrar-se e refazer o que o destino se entretinha a destruir. Deu-se conta de que afinal a amava mais do que poderia ter imaginado. A deserção do lar era uma ruptura com o presente e com o passado, com toda a história que juntos construíram. Demorara-se a decidir sobre o futuro daquela relação na qual interferiam os seus próprios pais e demais parentes, ancorados em ideias com que ele muitas vezes não partilhava; porém, de uma força que o oprimia e esmagava. Rendera-se às vozes dos ditames em que seus pais acreditavam, oscilara na balança da dúvida sobre muitas coisas, e confiara na sabedoria do tempo que tudo sedimenta e concilia; acreditara que a paciência, que é a mãe de todas as virtudes, devolveria o bom senso àqueles que levantavam críticas sobre a honestidade de sua esposa, sobre a legitimidade da sua paternidade em relação à Celinha. Diante de si via apenas a penumbra de um horizonte em que se esboça-

---

[14] **guarda-fatos:** guarda-roupas.

vam as silhuetas da Macisse e da Celinha. O resto eram trevas e, por detrás daquelas, apenas um profundo abismo.

– Estou muito admirada com a decisão que a Macisse tomou. Admirada e escandalizada até. Nunca me passou pela cabeça que uma irmã minha cometesse tamanha imprudência. Se ao menos nos tivesse procurado para conversar, poderíamos ter dado algum conselho, alguma sugestão – interveio a mana Salva, visivelmente perturbada pela revelação.

– A Macisse foi uma espécie de nossa primeira filha e como tal sempre a tratamos. Por isso não compreendo a razão de nos ter evitado, vir a esta casa deixar a filha e ir-se embora – pronúncia de desconforto pela boca do esposo da Salva.

– Sabia que havia alguns desentendimentos entre ela e os compadres aqui – a Salva a desferir um olhar acusador aos pais do Víctor, até então firmes como esfinges, sem descortinar emoções. – Claro que desavenças entre um casal nunca podem faltar e quando se trata de noras e sogras as relações podem não ser as ideais. Para a Macisse chegar a fazer o que fez alguma razão grave pode ter tido. E só vocês, os compadres e o próprio Víctor nos podem informar.

O Víctor estava espiritualmente ausente. O seu domínio era o da abstração. Vagava na asa do desconforto por ter de escutar, uma vez mais, o discurso favorito de sua mãe.

– Com toda a consideração e respeito peço que me deixem falar – disse a mãe do Víctor, a cortar a palavra ao esposo. – Se a Macisse nunca vos disse o que de fato sucedia no seu próprio lar é que, uma vez mais, quis manter em segredo um escândalo que só poderia terminar desta maneira.

– Admira-me em como ela nunca se aproximou de vós para manifestar o descontentamento em que ela e o marido viviam – interveio o pai Mutheto.

– Não somos pessoas de interferir nas vidas dos outros. Se alguém achar que deve aproximar-se e partilhar de seus problemas conosco, tudo muito bem. A Maria Cecília é uma pessoa muito recatada e de poucas conversas, daí que dela nunca soubemos que tivesse problemas que justificassem a sua saída do lar – contrapôs o Silvestre.

A mãe Mutheto narrou com todos os detalhes os eventos que tiveram lugar desde o nascimento da Celinha às manifestações de instabilidades na sua saúde; desde as causas daqueles padecimentos até se chegar às consultas com a maga de Xinavane e aos diagnósticos por aqueles feitos; dos silêncios da própria Maria Cecília aos interrogatórios sobre a verdadeira paternidade da criança, e sobre os riscos nefastos que a ilegitimidade da criança poderia representar para a família Mutheto.

A revelação explodiu como uma bomba entre os presentes. Inacreditável, na ótica da irmã Salva e de seu marido, da tia Marta e do senhor Ruben!

Um silêncio abateu-se na umidade da sala. Aqueles sufocavam de estupefação. Cada um esperava que os Muthetos dissessem algo para provar tão despropositada acusação.

– Sendo como dizem – disse o senhor Ruben com a garganta rouca – ela então foi praticamente expulsa de casa por ter tido uma filha ilegítima no matrimônio com o Víctor. O que diz o Víctor sobre isso?

Outra nuvem de ofuscamento caiu sobre a lucidez do visado.

– Pouco ou quase nada tenho a comentar sobre isso. Se os meus pais e todos os meus familiares se opõem à continuidade do meu matrimônio com a Maria Cecília, pois seja. A verdade é que ambos tínhamos e ainda temos tempo para concertarmos as nossas diferenças, rever o que está mal e melhorar o que está bem. Nunca manifestei qualquer sombra de dúvida sobre a honestidade da minha esposa, nem da legitimidade da minha filha. Por aquilo que já aconteceu e hoje está a acontecer, posso dizer com toda a segurança que nesta nossa família temos o mau hábito de nos metermos nas vidas uns dos outros e isso tem trazido enormes problemas. E este que estamos aqui a discutir é um exemplo vivo do que estou a falar. Desculpem-me porque esta não é a ocasião propícia para falar disso, mas eu e a Macisse nunca discutimos esses problemas, eles são para os outros.

Os pais do Víctor arregalaram os olhos de espanto. Que escândalos estaria o Víctor ali a discorrer, sobre as interferências da família na sua vida, nas invenções de que eles, em conivência com os outros familiares, forjavam sobre "nomes comidos" e outras barbaridades com que ele os acusava! Haviam de estar naquele ajuntamento as avós Shoniwa e Mbate "para admoestar este fala-barato, um filho ingrato que nos desconsidera e envergonha na presença dos compadres! Afinal de que lado está este palerma de traidor?".

A reunião transformou-se numa batalha na qual um soldado desertava da sua ala para ingressar na do adversário. O Víctor acabava de virar as costas aos seus, reclamava pelo seu espaço, pelos seus direitos de se pronunciar e opinar sobre a sua própria vida, sobre o encaminhamento que pretendia dar à sua existência.

– Ao que me parece estamos na situação de um caminho sem regresso. A Macisse deixou a filha aqui conosco – disse o senhor Ruben a volver os olhos ao Víctor. – A criança está registrada em seu nome, como pai legítimo. Sejamos aqui francos: quer levá-la consigo ou ela fica aqui conosco?

– Isso não vai acontecer – barafustou logo a mãe Mutheto, sem dar tempo ao filho para se pronunciar. Recordava-se, e muito bem, das palavras da maga Nzina: "...nos nossos estábulos temos uma ovelha que não pertence ao nosso rebanho...", e das inúmeras histórias sobre filhos bastardos, de almas penadas doutras famílias e das catástrofes que disso advinham. E na sua não queria que nada semelhante acontecesse.

– Se a própria Macisse resolveu abandonar a casa e vir deixar a filha convosco não podemos ir contra as suas vontades. Por mim, e falo em nome da família, a criança é dela e vossa – finalizou o senhor Mutheto, para evitar mais desconsiderações pela parte do filho, cortar pela raiz quaisquer veleidades do mesmo em pretender recolher a criança e levá-la de volta para o seio dos Muthetos. Previa o alarido de protestos no seio do conselho dos anciãos e as consequências desastrosas de albergar uma estranha sob a sua cúpula familiar. "Quem te avisa teu amigo é", e evidências não faltavam para ilustrar a intervenção dos deuses.

– O bom senso ensina que devemos respeitar a vontade da mãe da criança. Entre todos, incluindo o seu próprio esposo, a Macisse escolheu aqui o padrinho Ruben e a madrinha Marta para cuidarem da Celinha até o dia em que ela resolver regressar. Ao menos não matou a criança, nem a deitou aí nas latrinas ou abandonou à porta duma casa qualquer. Nisso mostrou responsabilidade e amor pela filha – considerou o Silvestre, meio vitorioso por poder salvaguardar a segurança da sobrinha ao abrigo duma família respeitada e honrada.

A delegação dos Muthetos despediu-se sem calor. Cada qual tomou o seu caminho: o Víctor o do ostracismo na sua cabana, os pais o da sua frustração, a resmungar, já por outros motivos.

– Desses filhos tudo pode-se esperar... mas que vergonha! – mastigava a mãe Mutheto entre dentes.

– Desrespeitar-nos daquela maneira em frente a estranhos... nem parece o Mukweto... – o pai Mutheto meneava a cabeça calva, desgostoso, a saliva a saber-lhe a fel. Apetecia-lhe chorar.

A tarde caía sem urgência; o sol alumiava os novos trilhos a percorrer.

A Celinha ganhara um lar e os Maculuves uma filha que era, finalmente, a dádiva com que Deus os agraciava.

SEGUNDA PARTE

1

DA INTEGRAÇÃO NA FAMÍLIA MACULUVE ÀS SURPREENDENTES REVELAÇÕES SOBRE AS ORIGENS DA CELINHA

Os membros da família Maculuve professavam valores duma fé num Deus onipotente e misericordioso. Tudo fariam para corresponder à graça divina de lhes conceder a bênção de ter uma filha.

O mesmo velado amor que teriam dedicado a um ou a uma descendente consanguínea ofertaram-no àquela desvalida, assim abandonada aos seus braços.

Ao longo daqueles quase vinte anos a família viveu numa paz e numa harmonia como nunca sucedera antes do aparecimento da Celinha. Esta fora a guia espiritual que inspirava a vida do agregado.

A Celinha tornou-se uma mulher esbelta, generosa e crente em Deus. Não havia ninguém em toda a comunidade que dela não tenha recebido a atenção duma palavra de encorajamento ou um gesto de solidariedade em momentos de carência material ou de depressão de humores. Era o tipo de rapariga que as da sua idade seguiam e imitavam, sempre a primeira a tomar as iniciativas na execução das lides domésticas. Tomou conta das bancas da mãe Marta no bazar, onde demonstrou excepcionais qualidades em matérias de negócios. Tanto como aquela, a sua venda abarrotava de fregueses que disputavam os seus produtos e a sua agradável companhia. Na escola missionária que frequentava revelou-se uma aluna brilhante e modelo para as colegas, a quem ajudava nos deveres de casa e nas vésperas dos exames.

Ao longo do tempo da criação da Celinha a mãe Marta e o pai Ruben excederam-se em providenciar-lhe todas as atenções de que foram capazes. Não seria justo negar-lhes as excelentes qualidades de educadores e protetores. Para a filha almejavam um futuro seguro, que construíam concedendo-lhe uma formação escolar e humana sólida.

A mana Josefina sempre tratou a Celinha como a sua prima favorita. O seu instinto maternal começava a ganhar contornos tais que sempre que pudesse levava-a às costas, tinha-a sempre a seu lado, e rodeava-a de atenções como se de sua própria filha se tratasse. Fizeram-se amigas e confidentes. O que a Celinha não aprendia da mãe Marta, a Josefina ensinava-lhe. Acompanhou todos os passos da sua infância e introduziu-a nos mistérios da adolescência.

Foi por essas alturas que a Josefina por fim casou-se. Como poderia fugir ao curso natural da vida? E fê-lo com um cavalheiro de mil e um ofícios, pau para toda a obra, temperado pelos rigores da pobreza, que de imediato transferiu-se para a cidade de Nacala com a nova família. Lá descobrira novas oportunidades para investimentos. E não só, como confidenciava aos seus aparentados, "pretendo afastar a minha esposa das influências e da tirania dos tios". Que se saiba, hoje a Josefina é uma mulher que vive num lar estável, bem-sucedida nos negócios, excelente mãe de três filhos e esposa dedicada dum empresário próspero.

O afastamento da Josefina criou um estado de desequilíbrio no espírito da Celinha. É como se lhe tivessem amputado uma parte de si. Se da mãe Marta tinha o conforto dos seus afetos, de atenções e de segurança, nela criara-se um vácuo no lugar que a prima ocupara. Entre ambas forjara-se e cimentara-se uma amizade profunda. A ausência prolongada de uma era fonte de angústias para a outra. Nela iniciou-se um novo período. Naquela adolescência atormentada pelas turbulências da puberdade em Celinha sobrevieram outros desafios. Dúvidas começaram a construir-se na sua mente. As respostas às mesmas, esfumavam-se, vagas e distantes. Dir-se-ia que caminhava sobre os traços dum círculo, ora num sentido, ora no inverso. Num, a sua jornada progredia lenta ao encontro da luz e do sucesso que o seu caráter e educação auguravam. Em mão possuía os trunfos fundamentais que os pais lhe proporcionaram, para alcançar um futuro vitorioso, tal como o da prima Josefina. Se invertia o sentido da rotação achava-se a caminhar num universo nebuloso onde imagens de pessoas flutuantes e de semblantes incaracterísticos se cruzavam. Nessas viagens pelos labirintos do desconhecido perdia a meta do seu destino. Interrogava àquelas sombras pelo ponto de partida da sua caminhada. Aquelas apenas se esfumavam à distância, foscas e imateriais tal como as achara.

A mãe Marta andava apreensiva. Nada disse ao esposo, já atormentado por um reumatismo que o confinava naquele sofá dias a fio. A Celinha teria dezoito anos, talvez. Por assim dizer, era ela que tomava conta das atividades da casa. O matrimônio da Josefina representava um encargo suplementar pela falta de uma mão útil nas lides domésticas e no mercado. A própria mãe acusava os desgastes da idade; passava a maior parte dos dias nos hospitais em consultas médicas, para os tratamentos de uma diabetes e de uma tensão arterial alta que não havia maneira de se resolverem.

A dona da casa vinha cismando que algo estranho e suspeito passava-se nos comportamentos da filha. Vigiava-lhe os movimentos, os episódios de ensimesmamento seguidos de longos suspiros, de quem aprisiona alguma opressão no peito. Dar-se-ia o caso de a filha ter encontrado algum homem por quem nutria alguma paixão e mantinha a relação em segredo? Poder-se-ia também considerar a eventualidade de encontrar-se grávida e viver os desnorteamentos que aquele estado causa numa mulher solteira. Qual seria a razão daquele enclausuramento da filha no resguardo do peito? A Celinha foi sempre uma pessoa exuberante, extrovertida e até impertinente em certas ocasiões. O que estaria por detrás daquela mudança súbita no seu caráter?

As dificuldades financeiras que a família atravessava obrigaram a Celinha a deixar de estudar durante o dia. Matriculou-se numa escola noturna para concluir a 12ª classe. Dava-lhe um enorme constrangimento ter de deixar os pais a sós, enfermos e desprotegidos. Acreditava que tinha de multiplicar esforços para trazer algum conforto e estabilidade ao lar. Assim criada, acreditava que a sua primeira obrigação como filha era providenciar para que o lar se mantivesse erguido, uno e feliz.

A meio do jantar daquele fim de semana de Páscoa a mãe Marta volveu-se para a filha e disse:

– Celinha, minha filha, tenho estado a notar que os teus olhos andam entristecidos, a tua boca muito calada em conversas. Suspiras como se alguma coisa perturbasse o teu sossego. Há alguma coisa que se passa contigo e que queiras partilhar conosco?

O pai Ruben remexeu-se na cadeira, desconfortado. A intervenção da esposa apanhava-o também de surpresa. Por hábito, aquelas questões íntimas da vida familiar eram, em primeiro lugar, discutidas em privado entre ambos. Por que agora aquela exclusão? A resposta à dúvida veio em seguida.

– Não falei antes com o teu pai sobre esta questão para não lhe agravar o estado de saúde, mas hoje como estamos juntos, ponho a questão em família.

A Celinha suspirou. Era a resposta que de imediato poderia dar. O pai relanceou para ela uns olhos cheios de dúvida e cansaço.

– Ensinamos-te a partilhar o sofrimento e as alegrias em família. Tudo o que com cada um de nós se passa é, e sempre foi, do conhecimento de todos. Dividir as experiências e as angústias alivia o espírito. Se existe algo que nos possas dizer seria para o teu próprio bem, para o bem de todos nós – prosseguiu a mãe Marta, sempre de modos conciliadores. Havia ponderação no convite. Não tinha a mínima intenção de forçar uma confissão pela Celinha se ela não quisesse revelar o motivo daquele estado.

– Meus pais, encontro-me numa situação em que não me sinto eu mesma. Tenho toda a espécie de dúvidas sobre quem na verdade sou.

Os corações da mãe Marta e do esposo palpitaram nos peitos em sobressalto. Entreolharam-se, cheios de espanto. Nenhum deles proferiu uma palavra. A surpresa tirava-lhes qualquer hipótese de alinhavar ideias e oferecerem uma resposta coerente ao comentário da filha. Possibilidades de respostas havia muitas. Seria aquela alguma forma de a Celinha convidá-los a expor alguma verdade que omitiam? A própria mãe acabara de recordar que o pronunciamento e a revelação de problemas em família era o catecismo que norteava a conduta dos membros do agregado. Se na verdade assim fosse, ela fora colocada de fora na exposição de certos eventos, e isso perturbava-a sobremaneira. Achara que chegada era a ocasião de, também em família, solicitar por informações que lhe devolveriam a paz e melhor orientação na vida.

– Já tenho dezoito anos. Ao longo deste tempo tenho acompanhado certas circunstâncias que me levam a concluir que a minha origem não se encontra neste lar. Esperava de vós alguma abertura, mas os anos passam e não encontro em vós nenhuma aproximação nesse sentido. Daí que, com todo o respeito duma filha leal, peço-vos que me contem a história de quem na realidade sou e donde provenho. Os pais já estão velhos e cansados. Não quero perder-vos e, por vos perder, levarem convosco todos os segredos sobre quem sou – disse a Celinha a expor a enorme consternação que lhe causava a abordagem de tão melindroso assunto.

O pai Ruben fungou e disfarçou a ameaça de um soluço. Não poderia ficar impávido, preso de surpresa naquele lugar. Tinha o sentimento dum pai na iminência de perder uma filha que amou com tanta devoção.

E a história da família revisitou-se.

Pela voz da mãe Marta, a Celinha acompanhou a digressão do cortejo dos seus verdadeiros pais, desde o matrimônio até ao dia em que a Maria Cecília, sua mãe, abandonou-a às mãos dos seus pais adotivos que eram ela, a dona Marta e o senhor Ruben.

A noite prolongou-se, lenta, com ela uma nova luz penetrava no espírito da Celinha. O amor pela mãe Marta e pelo pai Ruben ganhou uma dimensão do tamanho do universo. Quanto sofrimento não haviam consentido para albergá-la no seu seio, dar-lhe aquele afeto e o conforto que jamais mereceu dos pais consanguíneos; por quantas privações não haviam eles passado para facultar-lhe a educação e as habilidades de que era detentora; o que, afinal, eles não fizeram para conferir-lhe a dignidade e a honradez com que se conduzia como mulher? E a Celinha, Marcela de Jesus Mutheto de seu nome de registro, soluçou ao colo da mãe Marta até quase ao desfalecimento. Chorava lágrimas, não pelo abandono, mas de gratidão pela graça de Deus que a encaminhou para uma sombra segura e para o aconchego daquele casal que era, e para todos os efeitos, o dos seus legítimos e verdadeiros pais.

– Pai Ruben, por favor vai buscar os documentos que estão fechados no baú – pediu a mãe Marta ao marido.

Aquele ergueu-se e desemperrou as articulações. Sentia-se infinitamente aliviado. O peito fragilizado pela idade compassava mais folgado, livre do peso da confidência. Regressou do quarto com envelopes e documentos nas mãos. Tremulamente entregou-as à esposa. A emoção sobrepunha-se aos gestos materiais.

A mãe Marta retornou à memória a história da Celinha, desta vez ilustrada e viva. E fê-lo segura, já sem embargos na voz. Pela segunda vez ganhara uma filha, reganhara a filha.

– Esta é a tua cédula pessoal, a mesma que a tua mãe recebeu na maternidade. O teu apelido paterno é Mutheto. No ato da adoção ficaste com o nosso apelido Maculuve por razões de conveniências na formalização do teu e do nosso estatuto. Assim preferimos e assim fizemos. Pela lei és nossa filha e nós os teus pais.

– O que é feito desse senhor?... – pergunta arrastada na curiosidade da Celinha.

– Para te sermos francos nada sabemos desse homem. A última vez que dele soubemos, e isto por vias e travessas, é que logo que a tua mãe deixou o lar ele abandonou o país. Radicou-se na África do Sul. Se está vivo ou morto só Deus é que sabe – informou o velho Ruben, com uma voz gorgolejada, catarral.

– Nunca procurou por mim? – esperança de responsabilidades e afetos remotos no lamento da Celinha.

– Não, nunca procurou por ti. Pensamos que depois daquela reunião em que os familiares o convenceram de que a tua mãe o traíra, fez os seus cálculos, combinou eventos e aparentes casualidades para chegar à conclusão de que não eras filha dele. Deve ter sofrido muito com a humilhação pelo comportamento da mulher. Essa foi a vez dele de desertar, desonrado e desapontado.

– Sabem de alguma coisa da minha mãe? – inquiriu a Celinha. Reconstruía a sua própria história, acertava imagens no seu historial genealógico.

– Desde que ela atravessou aquele portão nunca mais soubemos dela. Dezoito anos sem procurar pela filha é um grande crime, uma malvadez – vociferou o pai Ruben, embora essa falta fosse uma outra bênção de Deus. Mãe que abandone filho seu, não importa em que circunstâncias, não merece outra coisa senão repulsa. Isso não o disse, mas repetiu-o para si próprio em silêncio. A esposa alinhava nesse sentimento. Aliás, por lei e por direito, a Celinha já lhes pertencia – Ninguém sabe dizer ao certo onde ela se encontra ou se até mudou de nome.

– Pelo menos haverá alguém da família dela que eu possa conhecer? – perguntou a Celinha.

– Nós fomos padrinhos de casamento de uma tia tua, a Salva; uma mulher responsável e trabalhadora. Ela e o esposo, o afilhado Silvestre, viviam no bairro dos Pescadores, na Costa do Sol e, de vez em quando, vinham aqui visitar-nos, como padrinhos e como teus tios. Tinham uma grande adoração por ti e, por várias vezes, pediram-nos para viveres com eles. Claro que não aceitamos, a tua mãe confiou em nós a responsabilidade de cuidar de ti. Até aos teus dois ou três anos de idade eles vinham mas, às tantas, deixaram de o fazer. Despediram-se. Ele arranjou trabalho em Quelimane, na Zambézia. Dali transferiu-se para o Malawi e assim perdemos os contatos.

– Qual era o apelido da minha mãe?

– Aqui pela certidão de casamento que, entre outros documentos, achamos numa das sacolas, o nome dela é Maria Cecília Guiamba, natural de Mocodoene, em Morrumbene, na província de Inhambane.

Textura familiar fragmentada, sementes do clã ressequidas ao sol do desvalimento. Assim foram as da prole a que pertence: perdidas e não achadas. Crê que um dia refará a sua genealogia, que retornará ao ponto de partida.

***

No retiro do quarto a penumbra convida a outras viagens da imaginação. A insônia constitui-se um palco onde espectros de pessoas que desconhece perfilam, transfiguram-se e reconstroem-se.

Naquele molho de papéis que o senhor Ruben mostrou durante a última noite vira algumas fotografias da mãe, em meio corpo, desbotadas e amarelecidas pela idade. Adivinhara que ela fora uma mulher formosa, jovial e, pelo que lhe pareceu, com alguns traços de melancolia no rosto. Deveria ter atravessado momentos de grandes sobressaltos, causados pelos dramas familiares que protagonizara. Questiona-se por que razão a não levou consigo nessa misteriosa jornada pelo desconhecido; que razões a teriam levado a entregá-la às mãos de estranhos. Teria sido por almejar uma outra vida, em outros lugares onde poderia experimentar momentos de liberdade, onde pudesse esquecer os tormentos do passado e reiniciar uma outra existência? O que acha abominável, todavia, é o fato de, segundo a mãe Marta, aquela nunca ter regressado, nem que fosse por uma questão de curiosidade, para saber do seu estado e das condições em que vivia. Como reagiria se um dia a visse a transpor aquele mesmo portão e reclamá-la como sua filha legítima? Que decisão tomaria? Teria a coragem de deixar para trás todo esse seu breve passado de dezoito anos vividos no lar dos Maculuves e abandoná-los à míngua dos seus afetos e segurança? Se assim procedesse cometeria o mais pecaminoso ato de ingratidão, pior do que o erro da sua própria mãe. Sente-se da casa, porque assim acreditou, ali sempre foi como tal tratada e educada até fazer-se a mulher que hoje é. Nunca poderá maldizer a própria mãe pelo gesto do abandono. Pelo menos aquela praticara o gesto louvável de entregá-la os cuidados de uma família responsável que dela fez sua filha única. No meio deste drama quem afinal colhera os maiores benefícios senão ela própria? Quer crer que, onde estiver, e com quem estiver, a mãe esteja a gozar de boa saúde, no seio de uma família onde reine a compreensão e a harmonia. É isso o que mais para ela aspira.

Aquelas eram apenas as conjecturas de uma pessoa que se achava subitamente a habitar um universo nebuloso, num território inseguro e movediço.

A prima Josefina? Que inacreditável sacrifício fora aquele, o de carregar o peso da confidência ao longo dos tempos até ao presente? Levara aos ombros a cruz de salvaguardar o secretismo da identidade da Celinha até àquele momento da revelação. A Celinha nunca fora pessoa de, sequer, alimentar alguma desconfiança sobre a sua situação e legitimidade como filha do casal Maculuve. A sua história fora encoberta pelo manto do segredo. A Josefina sempre tratou-a com velado carinho e um amor maternal. Aliás, em várias ocasiões dissera que a pequena tratava-se de "sua filha", e ria-se com a brincadeira quando as amigas e vizinhas especulassem algo diferente e em contrário. Dizia-lhes com largos sorrisos que: "ela foi-me oferecida, é minha filha". Quem poderia suspeitar que assim não fosse se enchia a criança de tanto amor e de cuidados de uma verdadeira mãe? Se próxima de si estivesse, a Celinha procuraria desvendar os segredos junto à prima Josefina; contudo, e por enquanto, concede-lhe o benefício da dúvida se não teria sido com a melhor das intenções que praticou o gesto de ocultar a revelação da sua verdadeira identidade.

Era natural que entre o molho de papéis que a Celinha vira não constava nenhum testemunho, alguma carta, ou fotografias, que mostrassem a figura do desaparecido antigo esposo da mãe Maria Cecília. Muito teria aquele para narrar, episódios que precederam ao matrimônio de ambos e os que àquele se sucederam até culminar com a separação. Que teria aquele descoberto do comportamento da esposa que os levaria à ruptura? Se ele, ou a sua família, tinham provas materiais de que ela não fora concebida daquele matrimônio, então quem seria o seu legítimo pai?

A Celinha vive no epicentro de um remoinho. Se as sombras que ofuscavam a sua identidade se dissipavam, outras dúvidas sobrevinham. Se não era filha do referido senhor Mutheto, então de quem seria? Este sabê-lo-ia? Quem na realidade fora o seu pai biológico? Conhecer o nome da sua progenitora fora até aí uma jornada que a levara ao meio do percurso. E mesmo esse era-o parcialmente. De sua mãe reconstruía as feições do rosto, o timbre da voz, o jeito no andar, os gestos; enfim, toda a anatomia e as emoções emolduravam-se num corpo para esculpir-lhe a figura. Do senhor Mutheto a imagem que dele tinha era apenas a duma sombra imaterial, distante, vaga e ausente. Que sensações foram as dele quando se apercebeu de que ela, a Celinha, que acalentara ao colo como sua própria filha, não o era na realidade? Restar-lhe-ia algum resquício de afeto por si, que nasceu como sua, que levou ao colo como sua, que batizara com o seu apelido, por quem dedicara sacrifícios e fizera a si próprias promessas de torná-la a mais prendada e bem-sucedida de todas as crianças do seu meio? A questão maior, no meio delas todas, é que teria ele conhecido o homem com quem a mãe o enganara e que era o seu legítimo pai?

A madrugada cedeu espaço para o amanhecer. Os galos já cantavam, roucos, mas alegres, para anunciar o novo dia. A Celinha sucumbiu ao convite do sono, povoado de imagens ornamentadas de vestes de fantasmagoria, com vozes crocitadas, a entoar cantilenas fúnebres e entrechocando no turbilhão dos pesadelos.

Essa foi a primeira noite das inúmeras e empolgantes histórias da vida da Celinha, a da longa jornada na busca da sua identidade.

2
DO MATRIMÔNIO DA CELINHA AOS EVENTOS SUBSEQUENTES

Se tivéssemos tido a honra de um convite para as cerimónias do matrimônio da Celinha e nos solicitassem uma comparação, em opulência e singularidade, com o da desaparecida mãe Macisse, diríamos, como testemunhas oculares, que os desta mais pareciam as de um velório do que propriamente uma celebração que seria o augúrio duma vida feliz. Nas da filha, como é óbvio, não faltaram os tradicionais convivas, os graúdos da congregação e do bairro; todos, sem exceção, a desfilar fraques de cortes antigos, históricos, que só viam a luz do dia em ocasiões de tamanha grandeza e formalidade. As respectivas esposas cingiam-se de fatos de talhes modernos e variegados, para conferir aquela nota de sobriedade e respeitabilidade imprescindíveis em eventos daquela natureza. Como era da praxe as mulheres da comunidade conferiram garrice à festa com uniformes de capulanas e lenços, em passos de danças e cantigas que eram afinal o reportório de mensagens de votos para uma vida matrimonial abençoada aos nubentes.

Os padrinhos da Celinha foram os seus próprios pais adotivos. Não quiseram deixar em mãos alheias, delegar fosse a quem fosse, a missão de acompanhar a filha naquele momento tão especial. Assim o faziam porque desejavam que fosse o prolongamento do seu afeto para com aquela criança que Deus lhes ofertara.

Para a Celinha aquele dia significou a ruptura com um novelo de memórias que muito tinha de histórico, mas que ainda encerrava muitos enigmas. Se volvesse os olhos para o passado, aquele apresentava-se algo enevoado por um lado.

Não descortinava naquela multidão ninguém a quem pudesse dizer que pertencia à sua família biológica, nem uma prima, uma tia que fosse, muito menos a figura de sua mãe. Alimentara a vaga esperança de uma surpresa da mãe Macisse que, por um milagre, teria tido conhecimento do seu casamento e fizesse a sua aparição. Vaga ilusão que se diluiu no ambiente dos festejos. Por outro lado, outras vias de conforto e conformismo se abriam com aquele matrimônio. Ao passado voltaria as costas, pronta a enfrentar os desafios dum lar. Naquele preciso instante iniciar-se-ia o assentamento dos seus alicerces como mulher independente e casada. Assim o desejava e, pela sua felicidade, tudo iria sacrificar.

A Celinha conhecera Tiago Malunga, seu futuro esposo, na altura em que ambos frequentavam a escola noturna no Liceu Francisco Manyanga, na cidade de Maputo. Ele era um jovem dinâmico, alegre, com a legítima aspiração de construir um lar feliz e sólido com uma mulher que amava e que compartilhasse dos valores que ele próprio professava. Profissional competente, ele dirigia um setor numa Organização Não Governamental vocacionada em programas de assistência a comunidades rurais, nas áreas de saúde e saneamento do meio ambiente. Dizia que aquela era a primeira etapa de um longo projeto de valorização individual e profissional. Tinha outros sonhos, outras e mais amplas ambições. Achara na Celinha uma parceira ideal. Ambos complementar-se-iam e, com a graça de Deus, outros patamares estariam à sua mão para pegar e explorar.

Aqueles três anos que se seguiram ao matrimônio foram de um renascimento nas vidas da Celinha e do Tiago. O lar que construíam era um paraíso encantado, cheio de surpresas agradáveis. Vezes sem conta ambos questionavam-se por que razão muita gente dizia que a vida de um lar tinha seus aspectos sombrios e momentos de turbulência. Não lhes parecia que algo, vez alguma, pudesse ensombrar aquela relação que parecia destinada a ser harmoniosa pelos anos adiante. A felicidade de ambos foi coroada pelo nascimento de duas filhas que eram, conforme diziam, e com muito orgulho, a sua razão de ser e de viver.

As atividades profissionais de Tiago obrigavam-no a viajar para as províncias, em missões de apoio às comunidades onde a sua ONG mantinha projetos. Aí demorava-se dias a fio, sempre a ruminar uma longa saudade pela família. As suas ausências causavam igual estrangulamento no amor da esposa e das filhas; mas a aposta estava feita: consentiria todos os sacrifícios para tornar o seu lar exemplar; da experiência profissional acumulada faria um trunfo para postos de trabalho mais ambiciosos.

Durante as ausências do esposo a Celinha aplicava-se a estudar com redobrado afinco. Naquele instante já frequentava por correspondência o segundo ano do curso de Contabilidade. As filhas ingressaram no ensino primário na Escola Internacional.

A estrela do progresso brilhava intensa no lar da Celinha. Ela e o esposo eram almas gêmeas, talhadas uma para a outra pela mão perfeita de Deus.

Depois de cinco anos de matrimônio iniciaram uma obra, a construção de uma habitação na zona nobre do bairro do Triunfo, nos arredores da cidade de Maputo, onde ombreavam com distintos membros do governo e individualidades ligadas à diplomacia e ao empresariado. Partilhavam de momentos de convivência com tais dignitários, com os quais trocavam favores e reciprocavam influências. A aura da glória social e de prestígio profissional cobria e protegia a vida do casal.

Engana-se quem julgue que o Tiago e a Celinha deixaram-se corromper pelos vícios da nobreza e pelas vaidades que o sucesso consigo arrasta. A criadagem que os servia, os automóveis em que se transportavam pareceriam barreiras que os separassem do universo exterior em que outros cidadãos e familiares viviam. Pelo contrário, a sua era uma casa aberta àqueles que com eles sempre conviveram. Como poderiam ter-se esquecido da sua origem humilde, desses tempos em que viveram sob um estatuto não distante da pobreza? Como olvidar as histórias e os acontecimentos de outrora, em que o pouco que havia nas suas famílias era distribuído com equidade? Tornou-se rotina deslocarem-se em visitas a parentes e com eles levavam rações de alimentos e até algum montante em dinheiro para os que mais dele carecessem.

Os ensinamentos sobre fé e religião que recebeu dos pais adotivos moldaram em Celinha uma personalidade em que a humildade e a generosidade eram práticas espontâneas no seu dia a dia. Na congregação da Igreja Presbiteriana que frequentava era notável o seu empenho nas atividades que envolviam as correligionárias mais desfavorecidas. Engajou-se como membro da coletividade e nela contribuía com doações ou visitas domiciliárias quando oportunidades se lhe oferecessem.

***

Ao fim daquele sexto ano de matrimônio o lar da Celinha aparentava uma harmonia que todos invejavam. A solidez de outrora ia acusando as fissuras de um edifício cujas fundações enfraqueciam. Aqui e acolá sinais de alguma fragilidade vinham timidamente à tona. Seria o mesmo desgaste a que muitos chamavam "fadiga matrimonial"? Ela aprendera doutras mulheres da congregação que todos os matrimônios, pelo menos a maioria, passavam por períodos de hesitação, de conflitos que, por serem passageiros, outra coisa não eram senão sinais de uma aproximação recíproca, de uma maturidade que se consolidava. Começou a aperceber-se de algum distanciamento físico e emocional do esposo. Aquela extroversão nas conversas entre ambos tornaram-se momentos que se iam desvanecendo; as sonoras gargalhadas que ele soltava, foram paulatinamente substituídos por episódios de distração e de mutismo. O distanciamento físico era preocupante. Aquelas efusões na cama deixaram de o ser. Eram, sim, manifestas demonstrações de frigidez, como se ambos fossem estranhos um ao outro, parceiros que de comum possuíam apenas o teto que os cobria. A barreira conjugal ergueu-se desde aquele dia em que ele modificou as rotinas ao deitar-se. Passou a envergar pijamas e voltava as costas à esposa, sinal de completa rejeição de contatos e de afetos.

Tiago sentia um prazer mórbido em demorar-se nas jornadas de trabalho pelas províncias. Deixara de ter urgência em regressar ao lar, como se daquele algo o repelisse, e sentia alguma opressão no peito se o fazia, como se a isso fosse forçado. Achava todo o gênero de pretextos para prolongar as ausências de casa.

Se a Celinha o abordasse e exigia alguma explicação para tão insólitas mudanças, ele retorquia, enfático:

– Ando estressado e muito cansado – e caía num novo mutismo ou dava-lhe as costas na cama.

– Se assim for por que não metes férias e saímos de viagem com as miúdas por algum tempo? – sugeria a Celinha, cordata.

– Férias numa altura destas? – ele replicava, confrontacional – Estamos numa fase de auditorias e não posso, de modo algum, abandonar o posto de trabalho.

Tudo voltava ao mesmo, a tensão doméstica era algo concreto e palpável. O abismo entre Tiago e Celinha aprofundava-se. Ela tinha imensas dificuldades em destrancar do espírito do esposo quais seriam os verdadeiros motivos para aquela brusca mudança no relacionamento mútuo. Haveria outra mulher na vida dele? Teria, como afirmava, algumas pressões profissionais que não queria expor? Sempre ensinaram-lhe que "problemas partilhados, meio remediados". Achava que o marido tornara-se recluso de si próprio, enclausurado numa redoma de emoções da qual não fazia esforço para se libertar.

Naquela tarde prestou uma visita à mãe Marta, já entrevada numa cadeira de rodas, pela gravidade dos seus padecimentos. Ia à busca de alguma explicação, de um conselho e de um consolo sobre os problemas que turvavam a harmonia do seu lar.

A anciã escutou o relato das ocorrências em curso no lar da filha atentamente e com muito pesar. Tal como a maioria das esposas, acumulara muitas experiências matrimoniais; algumas excelentes, outras nem tanto. E de todas moldara e consolidara a sua vida como mulher e esposa. Relatou algumas das menos lustrosas, protagonizadas pelo pai Ruben, acontecidas durante os primeiros anos de coabitação. Eram pressões que a família dele e a sociedade punham sobre si e a acabrunhavam. Dela esperavam que reproduzisse um varão, um herdeiro que ostentasse o apelido da família Maculuve. E não só, por quantos vexames não passara, acusada de infertilidade, como se a desejasse ou para ela tivesse contribuído. Escutara ameaças de divórcio e demais afrontas pela falta involuntária de não procriar filhos. Daquelas ofensas colheu outras motivações para enfrentar os desafios que a vida vinha oferecendo. Tudo superou e, naquele momento, ela e o pai Ruben estavam no fim da jornada da vida juntos com o melhor que Deus lhes pôde oferecer.

– A crise vai passar. Observa e tem paciência. O tempo sempre se encarrega de resolver este tipo de problemas. Tudo terá o seu fim, para o bem de todos; sobretudo, para as vossas filhas. Não há segredo que um dia não se revele. Tem coragem e reza a Deus Nosso Senhor para que não aconteça o pior ao vosso lar.

Quando a Celinha se retirou deixou atrás de si outras angústias no peito da mãe Marta. "Muito séria é a tempestade que abala o lar da nossa filha", murmurou, de cenho franzido.

A Celinha caminhou como uma sonâmbula, sem certeza sobre o seu destino. O olhar vago e distante revelava desorientação e perplexidade. Nas esquinas dos caminhos transeuntes descuidados colidiam com o seu corpo, espantados por tamanha distração. Pausava sob o abrigo das sombras dos edifícios de madeira e zinco. Fazia daquelas as estações dum calvário que lhe parecia durar uma eternidade. Chegar a casa transformava-se num pesadelo que não desejava reviver. O seu lar era um lugar frio onde um silêncio sepulcral adensava as tensões. O que de fato sucedera a ambos ao ponto de viverem naquela atmosfera tão densa, de frigidez e tensão como aquela em que se achavam? Não se cansava de se questionar.

Quando chegou a casa encontrou-a fresca e arejada como sempre. As crianças encontravam-se ainda na escola. O Tiago, como tornara-se já hábito, era marido ausente, completava nesse dia uma semana. Dele já não recebia telefonemas das províncias, ou se o fizesse, neles faltavam calor e emoção na voz. Limitava-se a inquirir pela saúde e pelo bem-estar das crianças. Tudo esmoreceu, tudo quebrou-se. O seu era já um lar que se desmoronava, a pouca distância de precipitar-se no abismo da dissolução.

A noite daquele dia de visita à mãe Marta decorria fria. Um aguaceiro inesperado caía em intermitências e afugentava as pessoas da via pública. As crianças entretinham-se com um programa televisivo de desenhos animados e riam-se estrepitosamente, em contraste com o humor abalado da mãe.

O telefone tocou. Seriam talvez vinte horas. A Celinha apressou-se para atender a chamada. Como resposta obteve apenas silêncio, um silêncio longo em cujo pano de fundo detectou uma respiração ofegante. Desligou e aguardou por nova chamada. Aquela não se fez demorar. Voltou a atender, mas a resposta foi o mesmo silêncio, entrecortado pelos suspiros de alguém que visivelmente não desejava revelar a sua identidade nem os motivos da chamada.

"Alguma provocação, estou certa". Pousou o auscultador sobre o descanso do telefone com desgosto e desapontamento. "Estas chamadas anônimas têm alguma razão de ser", cogitou. Levou esta obsessão para a cama e viveu um novo tipo de pesadelos, nos quais ganhava forma a certeza de que o esposo a traía. A noite fez desfilar na imaginação os eventos que preencheram a sua vida, desde o adultério da mãe ao abandono às mãos dos pais adotivos; desde o desconhecimento da sua verdadeira identidade ao matrimônio com Tiago; desde a efêmera felicidade experimentada depois do nascimento das crianças e, naquele instante, às surpresas do momento marcadas pelo esfriamento das relações conjugais.

Uma insônia introduziu-a nos alvores de um novo dia. O que será que o dia terá reservado no rol da já iminente catástrofe matrimonial? Será que o Tiago tinha algo a ver com a provocação da última noite? Seriam quatro horas da manhã e ainda não conciliara sono. A sua viagem pela noite prosseguia acidentada e turbulenta. As respostas às suas interrogações não se fizeram esperar.

 O telefone tocou de novo. Saiu do quarto em correria, a ansiedade a superar a curiosidade. Teria cometido o ato injusto de julgar o esposo pelo lado errado, quando algum acidente ter-lhe-ia acontecido? Foi com o coração aos pulos que atendeu a chamada.

 – Estou – respondeu com visível gravidade na voz. Um minuto de silêncio voltou a separar os dois lados da linha. – Estou, quem fala?

 – Quem fala não importa neste momento. É só para informar que não deve preocupar-se com o paradeiro do Tiago. Ele está aqui em minha casa há três dias e não sai daqui tão cedo – e a proprietária da voz desligou sem cerimônias.

 O chão que a Celinha pisava cedeu em firmeza. O universo em que se encontrava iniciou uma rotação; as paredes da sala movimentavam-se como se fossem desabar sobre si. A vista turvou-se. Tombou no chão como um fardo, pesada e desprotegida. Uma escuridão que se cerrava despenhou-a no precipício da inconsciência.

 No aparato da queda o corpo da Celinha arrastou consigo móveis que produziram um enorme estrondo e ecoaram no ambiente da casa. Ouvidos atentos entre a vizinhança captaram os ruídos da comoção e acorreram ao lugar. O que viram foi o corpo inerte da Celinha, a arfar com muito labor e a estremunhar incoerências em que abundava o nome do Tiago. Quando deu acordo de si encontrava-se sob cuidados médicos nas Urgências do Hospital Central.

 Durante a semana de convalescença a Celinha recebeu muitas visitas na sua residência. Entre aquelas figuravam amigas verdadeiras e fiéis, confreiras na congregação, vizinhas e colegas de trabalho. Umas vinham prestar apoio psicológico genuíno numa manifestação de solidariedade para com ela, mais uma vítima de amantismos, epidêmicos nas comunidades de hoje. Outras faziam-no com o fim nefasto de acrescer mais informação ao rol dos boatos que com frequência alimentavam a brejeirice popular.

Não se sabe se foi durante aquele delírio, na inconsciência do desfalecimento que a Celinha desfilou o reportório das suas suspeitas aos vizinhos que a socorreram, confirmadas depois pela chamada daquela mulher, ou se foi fuga de informação dos efetivos do Hospital Central, a verdade é que a notícia do escândalo explodiu como uma bomba na cidade. Cada qual tinha a sua versão sobre as aventuras extramatrimoniais do senhor Tiago.

– Só quem não conhece aquele *paqueirista* é que se espanta com o escândalo.

– Conheço a tal amante de vista. Já vi o Tiago no *flat* dela. É mãe de dois filhos de pais diferentes.

– O pobre coitado foi bem-apanhado na trama. Com uma família tão bem-educada, uma esposa bonita, trabalhadora, religiosa e tudo, e ele foi trocá-la por uma vagabunda sem jeito, oportunista e zaragateira.

Iam assim os modos pela boca do mundo. Cada qual a expor a sua opinião firmada em rumores, no disse-que-disse, sobre os eventos em curso no lar de um cidadão tido na sociedade como uma fonte de virtudes, um exemplo de dedicação à esposa e ao resto da família.

Entre as colegas de trabalho da Celinha destacava-se uma senhora vivaça, uma tagarela de língua acerada que respondia pelo nome de dona Dadinha, inconformada com o abandono pelo esposo, ia a caminho de dez anos. Era o aríete das legiões de mulheres que combatiam os amantismos dos esposos, o adultério e demais males que comprometiam a harmonia nos lares, desestabilizavam matrimônios e os levavam ao divórcio. Com o desaparecido esposo o seu casamento fora um dos exemplos de que os "homens só servem para desgraçar as mulheres, são sempre os culpados pela nossa infelicidade"; "que as piores inimigas das mulheres são as outras mulheres". Dessa filosofia ela não abria mão. Fornecia exemplos, às dezenas, de lares arruinados por mulheres, as mesmas que as legítimas esposas tinham por amigas fiéis, essas feitas conselheiras devotadas e desinteressadas, mas que, afinal de contas, não passavam "dumas *santas* de saias alevantadas à espera de uma oportunidade para lhes capturarem os maridos". Junto à Celinha, com a genuína intenção de devolver-lhe coragem e autoconfiança, assim como ajudar a trazer à tona uma explicação cabal para o senhor Tiago romper o laço matrimonial, procurar outros consolos e prazeres na cama doutra mulher, chegaria onde quer que fosse para ajudar a colega. Nisso ela era perita e assim o demonstrou.

O Tiago não se fez presente durante o breve internamento da Celinha no hospital. Na tarde do dia seguinte teve conhecimento da ocorrência através de colegas de trabalho, quando aqueles lhe perguntaram pelo estado de saúde corrente da esposa. Desequilibrou-se de espanto como se lhe tivessem desferido um golpe inesperado na testa. A esposa esteve de baixa no hospital por motivos que ele francamente ignorava. Ela sempre fora saudável e cheia de energia. O que ter-se-ia passado durante a sua ausência de casa ignorava-o por completo. Os colegas de trabalho dirigiram-lhe olhares de assombro e de desaprovação por desconhecer o que passara em sua própria casa. Vexame maior nunca passara. Meteu alguns documentos na pasta de couro, fechou as gavetas da secretária atabalhoadamente e acenou um adeus precipitado aos colegas. Com um nervosismo evidente desceu os sete lances das escadas do prédio onde era sede da ONG. Conduziu a viatura a caminho de casa a transgredir todas as regras de trânsito ou como o faria se algum incêndio houvesse lá sido declarado. Tinha uma emergência a enfrentar. E essa era a de fornecer à esposa um esclarecimento detalhado sobre as ocorrências das últimas vinte e quatro horas.

A tarde ia a meio. Aquele calor de setembro jorrava torrentes de uma umidade sufocante. Transeuntes caminhavam sem vigor sob os alpendres dos estabelecimentos comerciais, e assim protegiam-se da canícula que se prolongava já por meses.

Tiago penetrou na sala de estar da sua residência com o ímpeto de um furacão. Gritou pelo nome da esposa. A resposta foi um silêncio. As crianças estavam ainda na escola; a criada algures. Atarantado, dirigiu-se ao quarto do casal. Lá viu a figura da Celinha embrulhada em lençóis, imóvel como um cadáver. Respirava de um modo entrecortado, como se lhe faltasse ar ou como se este, de repente, se lhe entalasse no peito. Nunca a vira assim. Chamou de novo pelo seu nome num tom mais brando.

Naquele instante a Celinha despertou do estado de letargia em que mergulhara, do estado de latência em que os vulcões aparentemente se aquietam antes da erupção. Aquela imobilidade do corpo mais não era senão um estado de combustão lenta que precede a explosão final, a injeção da lava que se fora acumulando ao longo daqueles meses.

Já vulcão em plena erupção despejou sobre o marido toda a torrente de ira, da fúria que vinha contendo, todo o peso das suas frustrações, dos desapontamentos, do desrespeito contínuo e dos abusos matrimoniais. E muito mais disse.

Ele replicava em voz de ser escutado léguas ao redor, argumentava e reargumentava, acusava e defendia-se, encurralado num círculo de derrota e de infâmia do qual não conseguia evadir-se.

Naquela tarde, muitos dos residentes e os casuais transeuntes que indolentemente se arrastavam pelos passeios escutaram e testemunharam um escândalo que ficou na história como uma das maiores e mais violentas brigas domésticas de que há memória no burguês bairro do Triunfo.

3

DO EXÍLIO DO TIAGO E DA VISITA INESPERADA NA RESIDÊNCIA DA SÓNIA À INTERVENÇÃO DO MAGO XITIMELA

Os ecos dos escândalos naquela casa do bairro do Triunfo iam deixando ensinamentos em muitos residentes daquela comunidade e nos dos bairros periféricos da Polana-Caniço, das Mahotas, do Hulene e da Costa do Sol. Essas lições eram que desavenças domésticas não só aconteciam em famílias pobres, que se guerreavam por "dá-cá-aquela-palha", fruto de dificuldades financeiras, na maioria dos casos; onde o pão faltava à mesa com uma frequência quase quotidiana, onde trocos escasseavam para o chapa-cem[15], onde as esposas se esfalfavam desde as madrugadas na labuta do peixe para fritar e vender, onde as mães vendiam sorrisos atrás dos balcões das barracas e, não só; onde diligentes crianças negociavam mabadjia[16], tifiosse[17] e outros acepipes nas bermas das estradas, tudo para complementar os salários de fome que auferiam seus esposos explorados pelos novos capitalistas nacionais; onde adolescentes mercavam sexo nas esquinas da cidade, noite e dia. Daqueles, os residentes mais pobres, alguns diziam que:

"...prefiro viver pobre mas junto do meu marido e dos nossos filhos",
"...a riqueza nem sempre faz a felicidade",
"...pobre mas honesto e com um lar estável",
"...aqueles têm muito dinheiro, mas vejam lá como vivem, só confusão".

---

[15] **chapa-cem** (chapa): veículo de pequeno porte para transporte de pessoas ou cargas, feito por carrinhas (Moçambique) ou furgões; minivans (Brasil).
[16] **mabadjia** (badjia): bolinho frito feito à base de feijão, com tempero picante.
[17] **tifiosse**: bolinho confeccionado à base de farinha de trigo e rala de coco.

Aquela casa de pintura amarelo-torrado ficou conhecida pelos residentes como "a casa das confusões". Não havia nenhum cidadão da zona que por lá passasse e não murmurasse: "esta é a famosa casa das confusões", tal era a frequência e a violência das disputas domésticas que lá ocorriam.

As relações entre o Tiago e a Celinha azedavam-se dia a dia. Algumas disputas mereceram a intervenção das autoridades policiais do bairro, que sempre se pautaram pela busca de uma solução doméstica e de conciliação. Os vizinhos já andavam enfastiados pelos episódios de violência, já rotineiros, "uma vergonha e mancha no prestígio do bairro", assim protestavam. As famílias de ambos, impotentes, meneavam as cabeças de desgosto pela impossibilidade de reconciliar o casal. Cada qual invocava motivos e justificações para o mal-estar matrimonial com acusações mútuas que para poucos faziam algum sentido. Era o descalabro, o desmoronamento de um sonho de felicidade que até então ambos acalentaram e alimentaram com carinho.

Tiago transferiu-se para a cidade de Inhambane, onde a sua ONG tinha uma delegação. Exilava-se. Ia em busca de uma tranquilidade de que não gozava na capital, no seu próprio lar. Seria também um retiro para uma meditação sobre o sentido que a sua vida como esposo e pai fazia.

As suas eram noites em que a imaginação empreendia longas viagens. O que vinha à tona não eram transfigurações de eventos reais, mas sim fatos concretos por si vividos. Não sonhava, meditava.

Tudo começara fazia dois anos e meio, naquele fim de tarde de um mês de agosto fresco e cacimbento. Trouxera algumas encomendas de ananases e de peixe para a irmã Sónia, que residia num apartamento situado num terceiro andar sombrio e descuidado. As suas visitas à casa da mana Sónia eram sempre festejadas com euforia porque ele sempre a agraciava com um reforço de víveres. Aí demorou-se a conversar sobre lugares-comuns. Ele nunca foi de confidenciar os seus problemas conjugais à irmã, que sempre o tratava com um especial carinho pela razão de ser o benjamim da família, bem-sucedido e generoso para com todos.

Alguém bateu à porta do apartamento da Sónia. O Tiago ofereceu-para franquear a entrada à visita. Tratava-se de uma amiga da irmã que estava de passagem para uma saudação rápida e informal. A dona da casa apresentou-os e ficaram por ali a cavaquear por cerca de meia hora.

Aquela visita à casa da mana Sónia foi o marco de uma nova relação na vida do Tiago. Ela chamava-se Maria da Graça e residia num *flat* na Avenida 24 de julho, três quarteirões abaixo do da Sónia. Ambas tornaram-se companheiras e confidentes desde o primeiro emprego desta na sede dos Correios, na baixa da cidade. Ela era mãe de dois filhos. Tivera um casamento acidentado que terminou com um divórcio litigioso no qual ela e o ex-esposo só tiveram tudo a perder, embora ela conserve a custódia dos filhos. Detém a esperança de um dia poder – quem sabe? – achar um companheiro que a compreenda e acarinhe, que a ajude a vencer os desafios do dia a dia e com ele reconstruir um lar; alguém que fosse o oposto do ex-marido "um drogado, violento e bêbado que anda por aí a arrastar-se de barraca em barraca na companhia de prostitutas". "Sinceramente, nem sei como ainda hoje estou viva", lamentava-se.

A partir daquele dia a residência da Sónia transformou-se num lugar de encontros entre o Tiago e a Graça. Depois do trabalho lá se encontravam e planeavam novos colóquios no recolhimento da residência desta última.

Transcorreram dois anos depois do início do idílio adulteroso. Tiago misturava as missões de trabalho às províncias com demoradas estadias na casa da concubina. Aquela entregara-se à relação com devotado fervor. Para si, conhecer Tiago fora uma bênção, uma graça com que a contemplavam os seus defuntos.

Ao Tiago a figura da esposa só inspirava desdém e repulsa. Os seus modos comedidos, o afeto que ofertara à família pertencia ao passado. A brusquidão das suas atitudes foi-se tornando a marca do seu caráter. Aquele sentido de humor habitual em suas conversas esbatia-se cada dia um pouco. Já não sorria, nem se coibia de dizer-lhe com frontalidade, com um marcado acinte na voz: "... Quem serias tu se não fosse eu? Tirei-te da desgraça e agora vens-me com essa de querer comandar a minha vida? Importa-te saber onde me encontro, se sabes, e muito bem, que estou em serviço nas províncias? O ciúme vai-te matar, Celinha! Vai dar cabo de todos nós. O que se passa contigo na cama? Sempre distante e desinteressada, a pensar em quê? Tens um amante, Celinha? Tens outro homem e não me queres revelar a verdade? Muitas vezes penso que me deito com uma mulher quando, afinal de contas, estou ao lado de um bloco de gelo. Sim, é isso o que querias ouvir, um bloco de gelo, fria, pesada, ausente! Será que outros maridos passam pelas mesmas desgraças por que estou a passar?".

O lar da Celinha passou a ser um espaço de trânsito para Tiago. A pretexto de "muito trabalho" demorava-se dias a fio sem de si dar sinais. Quando descesse à capital comparecia para uma visita apressada, para saber das filhas. Por assim dizer, viviam numa situação de uma separação oficialmente não declarada.

Ao longo dos meses que se seguiram a Celinha transformou-se numa sombra de si própria, uma sonâmbula a caminhar na cerração de uma escuridão. Vivia rodeada de mil pesadelos, se de um saía, mergulhava noutro pior. No seu quotidiano tudo deixara de ter algum sentido. O lar deixara de ter a vivacidade e o colorido de outrora. Naquele instante era, isso era, um seguimento monótono e enfastiante de rotinas. Tudo se esboroava; em tudo havia sinais de que o matrimônio com o Tiago estava à beira do fim. Não compreendia tamanha violência verbal do esposo, ela que tanto se sacrificava para dar-lhe a felicidade que ambos apostaram que seria o emblema do lar. O que tinha diante de si era um Tiago embrutecido, monstruoso e cego à realidade de que tinha uma família segura, que poderia ser sereno, envolvido por gente que o amava e admirava. O que não fizera para ele sentir-se orgulhoso por si e pelas filhas? Aquelas perguntas ficavam sem respostas. Estas esboçavam-se, apenas especulações infundadas, e esfumavam-se no vazio dos seus dias. Viviam num estado de uma família em decadência.

A Celinha definhava a olhos vistos, flor sem viço, carente de afetos e de compreensão. Faltava ao trabalho com uma frequência alarmante. A sua baixa produtividade era um caso preocupante para o chefe da repartição. Aquele chamou-a à ordem e aconselhou melhor desempenho sob pena de suspensão das suas atividades.

Naquela hora crítica de transe já nem tinha o esposo com quem se aconselhar. Nem ele seria a pessoa mais indicada para esse efeito. Onde já se viu uma vítima a pedir conselhos ao seu próprio algoz?

A dona Dadinha condoeu-se pelo estado do prolongado sofrimento da Celinha. Via a amiga a comportar-se de um modo estranho. Uma imagem pálida do que fora num passado tão recente. Como as boas amigas são para as ocasiões, disse:

– Até quando vais continuar assim, minha filha? – perguntou a meio daquela tarde em que lhe proporcionou a cortesia de uma visita.

– Quero ver até aonde isto vai chegar – respondeu a Celinha, com muitas evasivas. Não tomara ainda uma decisão apropriada sobre os caminhos a seguir para desvendar os motivos pela mudança de comportamentos do marido.

– Já é tempo de te mexeres. Não vais ficar aqui a vida inteira a remoer, e ele na vida boa com gente de má nota por aí fora. Como ficou o problema dos telefonemas anônimos? – insistiu a dona Dadinha, disposta a tirar o frango da púcara e para aliviá-la do acabrunhamento.

– Pouco ou nada. Sempre que lhe pergunto por essas chamadas desencadeia um vendaval que a dona Dadinha não faz a mínima ideia. Eu só me calo e olho.

– Pois é, esse é que é o teu mal. Vais ficar de boca fechada a ver o teu marido destroçado por outra mulher e só te calas e olhas.

Por amor de Deus, Celinha! – a voz da dona Dadinha a vibrar de irritação. – Olha, fiz as minhas investigações. Sem a tua autorização, mas fiz: E podes crer que não vais ficar nada satisfeita com os resultados que consegui.

Uma luz estranha brilhou no fundo dos olhos da Dadinha. Ficou suspensa a absorver a curiosidade da Celinha.

– Conheço a amante do teu marido. Conheço o nome, onde trabalha e onde vive – prosseguiu, enfática, a Dadinha com um sorriso sinistro.

– Não pode ser! Como chegou a essas informações? – a Celinha balbuciou, incrédula.

– Pois, é como te digo. Se não acreditas em mim então prepara-te e levo-te até lá. Hoje é Sábado e a esta hora deve estar em casa. Vamos tirar toda esta história a limpo e é de vez. Chega de ver e calar. Essa mulher está a desfazer o teu lar aos poucos. Como mulher e amiga tenho a obrigação de te ajudar. Não quero que te aconteça o que aconteceu comigo. E sabes como fiquei depois de o meu marido me abandonar. Chega de abusos. Vamos enfrentá-la, de mulher para mulher. Se for necessário vamos dar-lhe um correctivo para aprender a respeitar outras mulheres e os seus lares. Vamos! – a dona Dadinha no comando da operação de cobrança de contas à amante do Tiago.

A dona Dadinha era uma mulher avantajada, nascida e crescida nos subúrbios da capital, mais propriamente no bairro do Chamanculo. Aí conheceu as agruras de ser a terceira de uma família de sete filhos, de pai mulato-maometano e mãe negra. Acarretou água e fez bulha nos fontanários do Zanza, rachou e carregou lenha sobre a cabeça e na escola ficou-se pela terceira classe. Só depois da independência do país colheu os benefícios das passagens administrativas do tempo do General Spínola e concluiu a sexta classe com muitas dificuldades. A sua linguagem não se ficava pela da boca. O ex-marido e as respectivas amantes foram disso testemunhas. Daí que o pai dos seus filhos, de tanto ser moído, verbal e fisicamente, resolveu dar por findo aquele matrimônio de má memória e hoje, como ela disse, ele prefere a liberdade das ruas, o consolo dos copos e o aconchego dos braços das prostitutas.

A Celinha sorriu. Pela primeira vez ia penetrar num mundo que lhe era totalmente desconhecido: o da violência de mulher para mulher.

A hora era das dezessete. A tarde de Sábado morria, úmida e tranquila. A dona Dadinha e a Celinha faziam-se conduzir numa das viaturas desta última. Iam ansiosas. A expectativa daquele encontro era visível, a importância da missão indiscutível. Seria de seus resultados que iria definir-se a qualidade e o futuro do relacionamento entre o Tiago e a Celinha. Ela, a Dadinha, seria a advogada do caso, juiz e executora da sentença.

O terceiro andar daquele prédio cheirava a bafio, sinal de uma limpeza que muito deixava a desejar. Havia folhas de papéis espalhados, plásticos de rebuçados, folhas de árvores secas e crostas de lama seca espalhadas pelo chão e pelas paredes da varanda.

A Dadinha bateu à porta com um certo nervosismo. A resposta foi um silêncio prolongado. Alguém espreitou pela vigia. Havia gente em casa.

– Dá licença, faz favor – voz meio berrada da dona Dadinha, a insistir.

A entrada foi-lhes franqueada por uma adolescente de ar espantado.

– Somos amigas da mãe. Ela está? – inquiriu a Celinha, mais confiante no êxito da missão, encorajada pelos ímpetos da amiga.

– Sim, a tia está, mas está a descansar – disse a moça, a medo.

– Vai dizer-lhe que estão aqui duas senhoras que querem falar com ela. E é urgente – ordenou a Dadinha, sempre na mó de cima no comando da missão.

As duas mulheres ocuparam lugares no cadeirão da sala. O assento era largo, puído, com alguns buracos aqui e ali, a necessitar dos serviços de um estofador. Relancearam a vista pelas paredes. O que testemunharam foi uma imagem de fantasmagoria. Em lugar de destaque sobre uma aparelhagem estereofônica pendulava uma fotografia emoldurada do Tiago, com um sorriso aberto e feliz.

    A Celinha sofreu um baque no peito. A Dadinha segurou-a com um abraço e disse-lhe para respirar fundo. Aquela assim o fez. O Tiago chegara àquele ponto de expor a sua fotografia numa casa que não lhe pertencia, no domicílio de uma mulher que não era a sua legítima esposa. Que afronta era aquela? Que descaramento, que exibição de arrogância vinha a ser essa? Estava tudo claro, finalmente! Finalmente! Só faltava encontrá-lo aqui, na cama com a amante!

    – Boa tarde – saudou a dona da casa com um sorriso leve. Envergava uma bata – que lhe descia até os joelhos. Pela sua largueza, sem dúvidas de que se tratava de um *robe* de maternidade. O volume do ventre destacava-se e revelava uma gravidez em curso. O seu rosto redondo e jovial inspiraria simpatia se não fosse pela gravidade da situação.

    – Chamo-me Graça, Maria da Graça. Em que posso ser-lhes útil? – convidou. Lia-se ansiedade na voz trêmula. Reconhecera a Celinha. Já a vira várias vezes em diferentes lugares. Esta, pelo contrário, não fazia a mínima ideia da fisionomia da amante do marido. A dona da casa baixou os olhos, sinal de primeira rendição. Fora apanhada e encurralada no seu próprio reduto. A evidência da relação com o Tiago era óbvia, à mercê de quem a quisesse testemunhar. A saliência do ventre não era uma prova mais do que clarividente de que aquele amantismo já deixara de o ser, para tornar-se em algo mais sério e profundo?

    A dona Dadinha começou a manifestar um estado de nervosismo que não era habitual em si. As mãos transpiravam profusamente, a língua seca entaramelava-se ao dirigir algumas palavras à Celinha.

    – Sim, esta é a Celinha, esposa legítima do Tiago – e aqui sublinhou a frase "a esposa legítima do Tiago" com muito acento na voz. – Eu sou amiga e colega dela. Viemos à sua casa para saber de si sobre a verdadeira relação que você tem com ele. Desde aquelas chamadas telefônicas que sabemos terem sido suas, pelas investigações que se fizeram, até hoje não há paz naquela casa por sua causa. Sabia ou não sabia que o senhor Tiago era casado e tinha filhas?.

– Sim, sabia – respondeu a medo a dona da casa. O tom de voz da Dadinha arrepiava-lhe a coluna vertebral. Parecia que aquela despejava incandescências dos olhos e a voz catarral, masculinizada, infundiam terror à anfitriã.

– Mesmo sabendo foi avante com o amantismo – ironia camuflada no sorriso da Dadinha, a contorcer os lábios. As palavras repercutiam-se no ar e contundiam os ouvidos.

O silêncio foi a resposta da Graça. Tal era o temor! Aquela conversa tomava um rumo pouco desejável. Parecia uma ré num julgamento que culminaria de um modo tristemente imprevisível.

– A senhora sabe o que é? Sabe o que é? – a Celinha por fim ergueu-se do sofá e agigantou-se diante da figura da dona da casa. – Não passas de uma puta sem vergonha, desmancha-lares, sua va-ga-bunda!

– Deixa, Celinha, não lhe batas, vamos resolver a questão doutra maneira – era uma viragem inesperada no plano de proporcionar um corretivo à Maria da Graça.

A Celinha não se conteve. Levantou-se uma altercação no apartamento. Todas falavam em tom de serem escutadas na rua. Insultos colidiram no ar, alguns bofetões e arranhões atingiam o rosto da Graça, já à mercê das feras em que as visitas se haviam convertido. Subjugada pela sova a Graça mais não poderia fazer senão gritar por socorro e pela intervenção dos vizinhos.

Na contrarresposta, durante uma pausa no curso da agressão, a Graça soluçava e contra-argumentava:

– Se não queres que o teu marido ande com outras mulheres fecha-o numa gaiola. Que atrevimento é este de virem incomodar-me e agredir-me na minha própria casa. Isto não fica assim. Vão-se embora daqui! E mais – levantou a voz e chamou a moça que franqueara a porta e ordenou – traz o Lito para aqui.

O Lito era um rapazinho de cerca de um ano e meio de idade.

Acordara e chorava, amedrontado e desprotegido no meio daquela comoção.

— Só para vossa informação, suas bruxas de cabeças ocas, este menino é filho do Tiago e, como estão a ver, estou à espera doutro filho dele. Querem saber de mais? Ele nunca te disse que está muito arrependido por ter-se casado contigo? Pois é, hoje eu dou-te essa informação. E agora o que pretendem fazer? Digam-me lá, qual é o vosso plano? Matar-me e matar os filhos dele?

— Talvez sim, talvez não. Se não estivesses grávida era mesmo hoje que te matava de pancada. O que apanhaste foi só o começo. O pior ainda está para vir — velada ameaça pela boca da Celinha entre dois soluços. Estava numa encruzilhada de caminhos, não sabia que direção tomar. Tudo sucedia de uma maneira tão imprevista que a não deixava raciocinar direito, nem que planos traçar.

A Celinha e a Dadinha retiraram-se e desceram as escadas do prédio a gritar por cima dos ombros, a proferir mais ameaças. Um ajuntamento de curiosos entupia a entrada do edifício. Todos queriam testemunhar o escândalo do amantismo da Graça posto a descoberto durante a escaramuça.

Logo a seguir à retirada da comitiva invasora a Graça telefonou à colega e "cunhada" Sónia. Relatou com os esperados excessos os eventos ocorridos durante visita da "tua cunhada Celinha".

— Não é que ela me invade a casa, na companhia duma mulata-cafuza gorda, cafuza e confusa, e vai daí as duas vêm armar um escândalo sobre amantismos em minha casa? Como se isso fosse pouco fui esbofeteada, mordida e fiquei com arranhões na cara como se fosse uma ladra — esbaforiu-se, ainda mal recomposta da experiência. — Vou meter queixa na polícia — considerou a agredida, exaltada.

— Nem vale a pena. Esses polícias vão te exigir dinheiro para as investigações e para o combustível; não vais resolver nada, senão perder tempo e dinheiro.

— Achas que devo deixar que me batam em minha casa e ficar de braços cruzados a lamentar a sova?

– Deixa estar, o Tiago vai resolver o problema da mulher dele.

A Celinha e a Sónia não cultivavam uma relação idílica. Aliás, ela, a Sónia, é que *amadrinhara* e continuava cúmplice da relação do irmão com a Graça. Viviam em mundos opostos. Em nenhuma circunstância uma seria capaz de dar a vida pela outra. As diferenças eram irreconciliáveis. O despeito da Sónia pela Celinha começara desde os tempos em que o irmão se casou. Como mais velha sentia-se no pleno direito de usufruir dos bens materiais e outras regalias que dele proviessem. Foi sempre crítica à dedicação dele como esposo e, obviamente, ao "abandono a que deixava a família em troca dessa tua mulher que não se farta de encher as bocas e os bolsos dos membros da família dela com o suor do teu trabalho, e nós aqui a minguarmos nesta pobreza sem fim. Vê só como vivem os teus sobrinhos, a nossa mãe e eu, na miséria absoluta e tu a esbanjares dinheiro em carros e palácios para a tua mulher".

Do outro lado da linha a Sónia exultava de alegria. Finalmente o seu projeto consumava-se. O casamento do Tiago ia ficando uma história para contar. Todos os benefícios de que a Celinha usufruía cairiam em sua mesa e conta bancária. Ainda havia um passo decisivo a tomar. E alertou a Graça.

– Este fim de semana virei aí à tua casa com alguém que nos vai ajudar a colocar o ponto final a toda esta embrulhada. Não espantes a lebre antes do tempo – prometeu a Sónia sem adiantar detalhes sobre o plano que concebera.

A Graça estava inconsolável. Apanhara uma sova em sua casa, na presença da sobrinha e do filho Lito, à vista dos vizinhos, sempre ruidosos e prontos a especular negativamente sobre as suas relações com o marido doutrem. A Sónia tinha razão, se não for meter queixa de agressão na esquadra, alguma coisa teria de fazer para o desforço que lhe era de direito. Ainda considerou que a ideia da Sónia fosse contratar "uns braços fortes e eficientes" no mercado do Estrela para definitivamente aniquilar ou ferir gravemente aquelas intrusas que tanto a haviam humilhado. Afinal cada acontecimento não tem o seu tempo e o seu lugar para se concretizar? Entretanto, o que sobrava fazer era pôr o Tiago ao corrente da visita recente e dos eventos subsequentes.

O Tiago era, por índole, brando, tímido e avesso a confrontações. Mesmo desde criança, para ele sobravam as culpas sobre todos os males que sucediam na casa dos pais. Absorvia os puxões de orelhas, os beliscões dos irmãos e as recriminações dos pais com a paciência de Jó. Do seu caráter predominava a generosidade, o que lhe valeu abusos e exploração pelos outros. Os irmãos, as irmãs sobretudo, viam nele uma mina de ouro que podiam garimpar a seu gosto. O casamento com a Celinha veio pôr fim àquele estado de coisas. A mulher impunha-se: "podes ajudar a família, isso não nego, mas de um modo comedido e planificado. Não podemos abandonar os velhos assim ao Deus-dará. Com a minha farei o mesmo. Lembra-te que temos uma vida para viver, um futuro por que cuidar e crianças para educar", ela dizia, com todo o acerto. Criou, por assim dizer, uma cisão entre a sua pessoa e a família do esposo. Era um empecilho na carreia de exploração do pobre Tiago, até aí sempre a anuir e a sucumbir às exigências da mana Sónia e doutros a si aparentados.

Quando recebeu a chamada da Sónia, o Tiago deitou as mãos à cabeça, pesaroso e infeliz.

– Só me faltava esta! – balbuciava, a ranger os dentes. Era a imagem real da derrota, da prostração e do desespero.

***

Conforme prometera, a Sónia compareceu à visita anunciada no dia da agressão à Maria da Graça. Fazia-se acompanhar por um casal; ele entrado em anos, talvez cinquenta, e ela relativamente mais nova. Havia nele um certo abandono às regras de higiene corporal, que se lia do visível andrajo das suas roupas. Um olhar distante, quase distraído, e uma barbicha caprina caprichosamente espetada no queixo conferiam-lhe o carisma e a circunspecção dos sábios. Uma bengala sustinha-o erguido e auxiliava-o na marcha algo hesitante comprometida talvez por algum reumatismo. Ela carregava um tamborete e um cesto de verga que continha os instrumentos de trabalho; vestia-se de capulanas descoloridas e exibia a submissão das mulheres que nunca tiveram direito a uma opinião ou a pronunciarem-se se para isso não fossem autorizadas.

— Este é o vovô Xitimela, meu curandeiro de longa data. Esta é a terceira mulher dele, a mãe Nghozi — a Sónia apresentou a ilustre família de adivinhos que iam proceder aos tratamentos, à expurgação dos malefícios deixados pela esposa do Tiago e sua amiga, a dona Dadinha.

O mago iniciou a sessão pela convocação dos ancestrais da dona da casa, com uma voz cavernosa, como se o estrangulassem. Em transe, desceu o lance de escadas até ao rés do chão. Entre espirros e grunhidos em que abundava o nome tradicional da Maria da Graça, interjectivo, aspergia pós, para a esquerda e para a direita, a acotovelar os residentes que pretendiam ganhar acesso ao interior do edifício. Já no apartamento, polvilhou as mesmas mezinhas sobre as paredes, nos cantos dos compartimentos e debaixo dos móveis. Não ia dar-se o caso daquelas mulheres terem deixado pós de remédios camuflados. Naquele roteiro não deixou uma pedra por revolver. Incensou a casa com fumos que se desprendiam de um pedaço de uma gamela onde se consumiam pedaços de raízes e de folhas, pelos de animais e desconjurava:

— Vão-se embora desta casa, filhos de demônios. Deixem aqui morar a harmonia deste casal que vocês tanto perseguem e querem mal.

Com a cauda de búfalo na mão prosseguia a aspersão dos fumos em tudo o que fosse espaço no apartamento. Assim couraçava as paredes da habitação, erguia o contraforte espiritual que bloquearia a entrada de todos os males e esconjuros para ali encaminhados pela esposa do Tiago.

– Depois desta sessão tudo passará a correr com o sossego que deseja. Deita estes pós na comida e nas bebidas do teu marido. Desta forma assegurarás a sua fidelidade. Ele vai abandonar a mulher e os filhos. Tudo o que lhe pertence será teu – vaticinou o adivinho.

Pagos os emolumentos, neste caso sob forma de um galo vivo de penas pretas – porque de um galo se tratava o Tiago –, um pacote de vinho tinto e trezentos meticais, a comitiva do vovô Xitimela retirou-se com a consciência tranquila de dever cumprido. Para trás deixou a certeza de que dias mais festivos aproximavam-se nas vidas das "cunhadas" Sónia e Maria da Graça.

A Graça não cabia em si de contente e de gratidão pela ajuda da Sónia e do curandeiro. Estava mesmo a precisar de ter o Tiago só para si, até ali dividido pelo dilema de prosseguir a relação com a esposa ou deixar a casa matrimonial e, definitivamente, assentar posto na sua.

Para celebrar o sucesso do evento, a Sónia, à sua conta, bebeu um pacote inteiro de vinho tinto português *Bairrada*.

As ausências prolongadas de Tiago eram sinais óbvios de que, embora informalmente, ele evadira-se do lar. Assim, pelo menos aos olhos da esposa e dos parentes, parecia ser a realidade. Aquela sabia que ele vinha à cidade com frequência, mas não se dignava a visitá-la ou telefonar para saber de si e das crianças. Aquela indiferença magoava-a e colocava-a num estado de angústia e de incerteza sobre o futuro daquele matrimônio. Se assim fosse, e conforme aconselhavam outras mulheres "a evidência de que o vosso casamento chegou ao fim está debaixo dos teus olhos. As provas estão aí de sobra para tu veres que tudo acabou. Faz alguma coisa, por ti e pelas crianças". Como vítima do rompimento deveria dar algum passo para uma separação formal que terminaria em divórcio.

A dona Dadinha tomou em seus ombros a responsabilidade de acompanhar a Celinha no curso do longo processo de separação e do divórcio. Como medida preliminar convenceu a

Celinha a dirigirem-se ao Tribunal de Menores.

– Tens que o contundir onde mais vai doer: o bolso. Ele não tem o direito de esbanjar o dinheiro que pertence a toda a família – disse, antecipando os enormes prejuízos que iria causar nas finanças pessoais do Tiago.

Naquela instituição a Celinha invocou adultério e abandono de responsabilidades domésticas e paternas pelo marido. Aquele era um caso comum na sociedade e os tribunais não se demoravam a intimar o prevaricador para chamá-lo às suas obrigações. Assim sucedeu ao Tiago. Respondeu à convocatória com uma sensação de pânico.

– Ao que a Celinha chegou! – barafustava, espantado com a determinação da esposa. De adúltero a criminoso irresponsável, tudo incorporado na mesma pessoa.

No mês seguinte Tiago recebeu apenas metade do salário. A outra parte foi depositada na conta bancária da esposa, para sustento e educação das crianças.

As relações entre o Tiago e a Celinha eram de recriminações mútuas, constantes e violentas. Depois da sentença do Tribunal de Menores ele aparecia amiúde na ex-residência e emboscava a esposa no apartamento. Ia sempre de mau humor e de pré-disposição belicista. Exigia contas à esposa, acusava-a de ser vítima de más companhias e péssimas conselheiras "que outra coisa não desejam senão a nossa separação e a desgraça da família. Conheço os seus nomes e as suas moradas. Isto não fica assim...!".

A Celinha tinha a razão de seu lado. Umas vezes ignorou as provocações; outras ripostou com a mesma agressividade. Chegara ao ponto de ebulição, de inevitável irreconciliação. Só o divórcio poderia restaurar a paz entre ambos. O tribunal concedeu-lhes seis meses de uma separação efetiva antes da formalização do divórcio. Ela vive dum lado e ele divide-se entre a residência em Inhambane e as curtas estadias no apartamento da Graça.

TERCEIRA PARTE

1

DO FIM DO EXÍLIO DO TIAGO AO CATACLISMO NA VIDA DA CELINHA

Tiago tornou-se uma sombra de si mesmo. Quem o tivesse conhecido seis meses antes da declaração da separação oficial com a Celinha diria tratar-se doutro indivíduo, "a metamorfose do Tiago". Transformara-se de corpo e na personalidade. Muito ao contrário dos seus hábitos e aos da família de que provinha, começara a consumir álcool com uma voracidade que impressionava a toda a gente. Em Inhambane, logo ao despegar do trabalho dirigia-se às barracas que abundavam pela cidade, em particular junto ao ancoradouro das barcaças que faziam viagem de e para a cidade da Maxixe.

– Aquele tomou o gosto à pinga, agora não larga o copo! – diziam muitos frequentadores das tavernas e das barracas, a caçoar com ele pelo novo hábito que adquirira.

Vivia só na casa de hóspedes da ONG. Fizera daquele lugar o santuário onde revisitava memórias de um passado muito recente em que tudo lhe aconteceu. No universo nebuloso das noites de embriaguez fazia desfilar imagens dos tempos de namoro com a Celinha, dos sonhos de uma convivência harmoniosa com os filhos e os parentes; do castelo de felicidade que ergueriam, onde só caberiam o amor e a promessa de um futuro cheio de excelentes surpresas. Chegara a dar apenas os primeiros passos nessa aventura sonhada. A caminhada pelos trilhos da vida era ainda de uma distância incomensurável. A princípio convencera-se que venceria, tudo estava à sua mercê para que assim fosse. Tinha uma esposa que o amava e as filhas, que trouxeram novo colorido à vida e novas responsabilidades, o que muito o alegrava e mais o animava a manter aquele casamento que tanto se augurava vir a ser exemplar.

Seria uma injustiça e pueril ingenuidade da sua parte pretender atribuir à Celinha as culpas pelo colapso do matrimônio. Nela nunca descortinara sinais de alguma relação inapropriada. Era uma mulher honrada, de um recato a toda a prova, que sempre estimou e respeitou. Amigas que assim ela chamasse reduziam-se a uma parca meia-dúzia, escolhidas entre as confreiras da congregação. Amigos, de nenhum ouvira sequer falar. Reconhecia que o cerne daquelas disputas residia na sua própria pessoa. De si tudo partia. A admissão de culpa pelo fracasso do casamento era uma ferida profunda no seu orgulho.

Fora um somatório de experiências e eventos o que, na sua ótica, conduzira ao seu próprio desgaste, desde as intromissões da família, mormente da irmã Sónia, na sua vida conjugal; as tentações em práticas extraconjugais; a sequência das aparentemente insignificantes e múltiplas mentiras sobre as suas viagens às províncias e muitos outros pequenos-nadas com que, sem disso se aperceber, ia arruinando a estabilidade da família, a sua conduta e personalidade. Aquele concubinato de triste memória com a Graça foi o mesmo que deitar petróleo sobre chamas. Embora ela tivesse anunciado aquela gravidez, ele sempre foi relutante sobre a autenticidade da sua paternidade. Mesmo o estado de gravidez em que, naquele instante, se encontrava, que ela declarou ser da sua responsabilidade, não pode confirmar se isso correspondia à verdade. Mal a conhecera. Dela só sabia que era mãe de dois filhos, de amantes ou de ex-maridos de que falava muito pouco.

O Tiago consumia-se nesses silêncios; ensimesmava num caos psicológico do qual não via meio de escapar. Circunvagava em seu próprio redor e regressava ao ponto de partida, ainda mais desorientado. Aos braços da esposa já não poderia regressar; a Graça fazia cada vez maiores demandas, em dinheiro e presença física, em apoio aos familiares "também já pertences à minha família; os meus pais são tão pobres como eram os da Marcela. Temos os mesmos direitos e merecemos o mesmo tratamento", eram agulhadas constantes que escutava sempre que descia à cidade.

Tornou-se sorumbático, desleixado e quezilento. Pouco comia; se o fazia, adquiria alimentos dos *take-aways* que as vendedeiras das barracas com muito gosto se dispunham a preparar para si. Minguava a olhos vistos. Aquele lustro profissional que sempre o distinguira e exibira desbotava-se semana após semana. Na ONG deixou de ser aquele funcionário dinâmico e empreendedor, sempre à frente das iniciativas que tornaram a instituição um espaço de referência e de admiração entre as semelhantes.

Aquela tarde pardacenta do mês de julho fora o prosseguimento de dias de chuviscos que caíram quase ininterruptas e criavam uma atmosfera pesada e triste. Os aguaceiros eram a premonição dos ventos e do calor que daí a semanas marcariam o início da época de estiagem.

***

O dia correra de um modo estranho para a Celinha. Fora recolher as crianças da escola, onde praticavam atividades extracurriculares. Conduzia muito distraída, a tentar encontrar algum sentido para aqueles eventos que tanto a deprimiam. O que dera errado no seu casamento ainda estava muito longe de compreender. Amara o esposo, a ele dedicara-se com toda a paixão. Depois dos consecutivos desapontamentos seria ainda capaz de perdoar-lhe as faltas e as humilhações? Sabe de muitas mulheres que saíram dum passado matrimonial turbulento e reataram os relacionamentos com os esposos. Faziam-no talvez para o benefício dos filhos, mas reconstituíam os seus lares com outra abertura de espírito, outra maturidade e diferente posicionamento no universo conjugal.

Eram dezenove horas quando o telefone tocou. A Celinha saltou do sofá, de brusco, como se aguardasse alguma chamada. Não era frequente receber chamadas telefônicas àquela hora, exceção feita às da dona Dadinha e de algumas confreiras da congregação.

Doutro lado da linha soou uma voz entrecortada de soluços que dificilmente poderia reconhecer.

– O Tiago acaba de sofrer um acidente de viação – era a Sónia, rouca de aflição.

A reação da Celinha foi um grunhido ininteligível, como se algo se lhe encalhasse na garganta.

– Ele vinha de Inhambane e a viatura que conduzia embateu num caminhão estacionado na curva de Michafutene. Morreu a caminho do Hospital Central – disse a Sónia a soluçar. Não forneceu mais detalhes. Desligou a chamada e deixou a Celinha mergulhada noutro emaranhado de questionamentos sobre o significado que fizera a sua vida até então e qual o fim que o destino reservara para si e para as crianças.

***

A Marcela era uma pessoa transfigurada. Ao longo daqueles dois anos de viuvez muitas das suas crenças, as mesmas que lhe ministraram na casa dos pais adotivos e na congregação, foram ensinamentos que se não conformavam com a realidade que vivia. A sua fé em Deus esboroara-se por completo. Não fazia sentido que esse Deus onipotente, ao qual ela se devotara, permitisse que a sua existência se convertesse num mero cortejo de tormentos, sacrifícios e constantes desapontamentos. Aquela firmeza de caráter e a determinação que foram características da sua personalidade eram memórias do passado. De si restava apenas a figura duma mulher desorientada, entregue à sorte do destino. Quem a conheceu naqueles tempos áureos de fausto, de grandeza e de triunfos e hoje a visse diria que a dela era uma vida amaldiçoada, que algum mau-olhado lhe deitaram, que algum esconjuro a perseguia. Tais eram os eventos que protagonizava que deixavam as testemunhas de queixo caído, a questionarem-se sobre o verdadeiro alcance e o significado oculto daquelas ocorrências.

Alguns atribuíam a autoria desses incidentes à rivalidade da Maria da Graça, atiçada pela "cunhada" Sónia, inconformada pela perda de direitos e dos benefícios que colhera do defunto irmão Tiago.

Numa determinada ocasião a Graça recorreu aos tribunais para exigir o registro dos filhos que supostamente teve com o Tiago, sob o seu apelido. Já era tempo de ultrapassar a vergonha de ter as crianças registradas como "filhos de pais incógnitos". Assim também ganharia os direitos de herança dos bens por aquele deixados e legitimar a condição de segunda esposa do falecido. Efetuou inúmeras diligências, manteve entrevistas com juristas que lhe prometeram este mundo e o outro para assegurar o êxito absoluto das mesmas, em troca de "envelopes". A Lei, todavia, não contemplava benefícios para si, nem para os ditos filhos do morto. Não existia nada oficial no seu cadastro que sugerisse ter mantido alguma relação, oficial ou não, com a Graça, que sempre alegava ter os mesmos direitos que a esposa do Tiago.

Confrontada pela evidência da causa perdida junto aos tribunais, a Maria da Graça recorreu a expedientes mais radicais. Não se conformava com a ideia de perder a partilha dos bens a que, na sua opinião, os seus filhos tinham também legítimo direito. Dirigiu-se à ONG onde o Tiago trabalhara. Aí exigiu à Direção da mesma uma fração dos fundos de reforma do antigo funcionário. Sofreu o vexame de lhe anunciarem que "a senhora é uma pessoa desconhecida nesta instituição. No cadastro do falecido constam apenas os nomes da esposa, a senhora Marcela de Jesus e de duas filhas, a Márcia Catarina e a Célia Maria, mais ninguém. Sobre a vida privada dos nossos funcionários, vivos ou mortos, não nos intrometemos nem revelamos nada por tratar-se de assuntos confidenciais. E mais, por que razão só agora é que senhora aparece para reivindicar direitos? Todos os valores a que os herdeiros têm direito são devidamente encaminhados, de acordo com as normas e as leis deste país. Lamentamos imenso, mas nada podemos fazer por si".

De fracasso em fracasso, em tentativas que se sucediam para recuperar alguma honra e vantagens financeiras, a Graça encalhava em muitas dificuldades. Tornou-se numa mulher maldizente e vingativa. Dizia à amiga Sónia que tudo e todos conspiravam contra a sua pessoa, a Marcela em primeiro lugar, os tribunais, os serviços onde o ex-amante fora funcionário, os vizinhos no prédio, que se riam nas suas costas e chacoteavam: "...vida de puta não é fácil, não! Essa tal da Graça quis enrolar o amante em esquemas de filhos, mas este não foi nas jogadas dela. O tipo foi-se deste para o melhor e agora ela anda aqui atarantada à procura de um apelido para os miúdos e dinheiro para se sustentar. Vida de puta não é fácil, não!...".

Se foi por inspiração e obra da Graça a casa da Celinha foi assaltada em duas ocasiões. Ela encontrava-se na repartição, onde mais se distraía do que trabalhava, sob a complacência e a cumplicidade do chefe da mesma. Durante o primeiro assalto os intrusos apoderaram-se de toda a joalharia que ela guardava num baú trancado a sete chaves. Toda a coleção de valores que adquirira ao longo do tempo do matrimônio desapareceu. Eram recordações, as memórias vivas de um tempo de folgo financeiro e de tranquilidade. Até isso foi-lhe roubado. Dessa época restara-lhe apenas o fio de ouro dependurado ao pescoço e a aliança de casamento, marco do seu antigo estatuto de mulher casada.

Três meses ainda não se completavam quando se registrou o segundo incidente. Num cruzamento de muito tráfego parou a viatura que dirigia em obediência ao sinal vermelho do semáforo. Eis senão quando – saídos sabe-se lá donde – dois meliantes cercaram o veículo, a brandir revólveres. Era um assalto à mão armada. Exigiram a entrega imediata da carteira e das chaves do veículo. Retiraram-na brutalmente do mesmo com brusquidão e deixaram-na estatelada no braseiro do asfalto daquela rodovia na baixa da cidade a assistir, impotente, ao desaparecimento paulatino da viatura que conduzia.

A situação financeira da Celinha era bastante instável. O seu salário não era suficiente de molde a cobrir todas as despesas a que incorria. O pagamento das amortizações do empréstimo para a construção daquela moradia no bairro do Triunfo, as propinas mensais na Escola Internacional que as crianças frequentavam, a manutenção das viaturas, os salários e as refeições das empregadas domésticas, das quais havia já dispensado uma, e todo o rol de despesas que a asfixiavam, agravadas pela inflação que não havia maneira de dar sinais de estabilizar, eram na verdade um sufoco. Havia decisões que deveria tomar para viver de um modo equilibrado e decente. Mudou-se para o bairro periférico de Zimpeto, não muito distante da cidade, nas adjacências da Estrada Nacional número Um. Alugou um fogo modesto de dois quartos, que achou cômodo e suficientemente espaçoso para acolhê-la com as filhas. Mais sacrifícios poderiam advir daquela decisão, mas dar-lhe-ia a oportunidade de arrendar a moradia do bairro Triunfo. Foi daquela que começou a render algum excedente para o orçamento familiar. Tentara em vão despejar um inquilino que alugara uma pequena vivenda no bairro da Matola, propriedade adquirida no primeiro ano de casamento com o Tiago. O inquilino era reincidente na falta de pagamento das rendas. Faltava às suas obrigações contratuais e fazia finca-pé em que não sairia da casa fosse de que modo fosse: "daqui não saio e daqui ninguém me tira", dizia, a estourar de arrogância. O processo de despejo ainda encontrava-se a colecionar pó nas gavetas dos juristas do Tribunal da Matola. O sujeito tinha ligações fortes no aparelho judicial da cidade. Outros benefícios visualizavam-se à distância e no tempo; outros beneficiados aguardavam, cada um a sua vez, pela recolha dos proventos da fraude. Daí que a Celinha se viu na contingência de mudar-se para uma outra residência, onde iria pagar uma renda mensal, com todos os prejuízos daí decorrentes.

A carreira profissional da Celinha sofreu severos sobressaltos. A sua reputação de "viúva-dorminhoca" tomava contornos que comprometiam a imparcialidade da chefia da repartição, assim como a disciplina entre os demais trabalhadores. Eram já cíclicas as chegadas tardias ao emprego, sob o argumento de congestão de tráfego do Zimpeto à cidade, ou porque furou um pneu da viatura. Vezes sem conta foi surpreendida pelas colegas a sonecar sobre o assento da sanita na retrete das senhoras. Essas ocorrências eram comentadas à boca pequena, sussurros que se amplificaram para tomar as dimensões de protestos públicos e de zombaria em simultâneo. Daí a alcunha com que a estamparam: "a viúva dorminhoca".

O senhor Mônico Liquelequele, chefe direto da Celinha, em algumas ocasiões manifestou o seu desagrado face à produtividade da subalterna. Como se fosse mal de pouca monta ela chegar atrasada à repartição, também adormecia com a cabeça recostada sobre o tampo da secretária ou, como já se testemunhou, fazia-o na privacidade do quarto de banho. Admoestou-a em privado sobre as mudanças de conduta. Se nos dias seguintes ela retomava as atividades com redobrado alento, passadas duas ou três semanas a situação retornava ao princípio.

Ele fez-se convidado para uma visita à casa dela, para uma missão de aconselhamento.

– Sou teu chefe lá na repartição, mas podes crer que também sou teu amigo; penso que podemos conversar para melhor te ajudar – era o seu argumento, insuspeito e generoso. Sempre contemplara o sonho de uma relação mais privada e íntima com a colega Marcela de Jesus, atormentada pelos problemas que a viuvez carrega consigo, a solidão em primeiro lugar, depois as abstinências que incendeiam uma mente e um corpo jovem, cheio de pletora e as incandescências próprias daquele estado. Imaginava a colega a recostar a cabeça sobre o seu peito másculo, a trepidar de ânsias e ele a murmurar-lhe obscenidades para lhe acicatar os apetites. Foi por essa razão que quase sempre desconsiderava as observações dos colegas, aos quais pedia compreensão e sentido de entreajuda para quem, como a colega Celinha, de tanto apoio era carente.

A Celinha fazia ouvidos de mercador às propostas do senhor Mônico; encolhia os ombros com desdém pelo desrespeito e retrucava: "sou viúva, mas não sou puta".

O chefe engolia em seco.

– Se a paciência é a mãe das virtudes, por que razão não aguardar por melhores momentos? Já lá diziam os que sabem que quem porfia caça – murmurava para os botões da balalaica. A sua intenção não confessada era a de "aliviar o luto" à colega e dar-lhe a proteção que um chefe e amigo prestável pode ofertar a uma colega em grave transe de solidão. Como consequência da intransigência dela, na sua consciência ganhou forma um sentimento de derrota e de despeito. Em razão do caminho sombrio que o seu cortejo tomava, jurou que, doravante, aquela mulher que o desafiava com tanta frontalidade, jamais voltaria a dormitar em serviço. Seria o desforço de um homem rejeitado e humilhado em seu próprio gabinete de chefia, pela violação do território sagrado do orgulho de quem se reputava irresistível para mulheres, um dirigente impoluto, proeminente membro do Partido no poder que até dava ordens aos ministros. Convocou-a para uma audição pela comissão disciplinar a fim de contra-argumentar as queixas que sobre si recaíam: "de baixa produtividade, de atrasos sistemáticos ao escritório e de desrespeito aos superiores hierárquicos".

Da comissão disciplinar da instituição saiu o seguinte veredito: "a funcionária Marcela de Jesus, afeta ao departamento de Finanças deste Ministério, fica suspensa das suas atividades profissionais até à conclusão das investigações em curso sobre algumas violações ao Código de Conduta em vigor no Funcionalismo Público. Durante o período de suspensão ser-lhe-ão cancelados os salários que vem auferindo até à conclusão e decisão final pela comissão de inquérito".

A suspensão da Celinha do emprego foi o ponto de ebulição para a dona Dadinha. Ela vinha acompanhando com uma ira crescente todos os incidentes, cada qual o mais grave, que se sucediam na vida da amiga. Nunca foi de descartar a intervenção da Maria da Graça, como o cérebro-mentor das operações. Para si a sorte fora-lhe madrasta no casamento, ainda bem se recorda. Passou mil e uma privações depois do divórcio com o marido; porém, as desgraças por que a amiga passava ultrapassavam os limites do tolerável. Acreditava que tamanhos infortúnios só poderiam ser o resultado de alguma maldição que a Graça, ou outrem de semelhante igualha, teriam orquestrado. Ponderava e balançava saídas. Antes de achar uma solução impunha-se, a seu ver, identificar as causas dos mesmos, porque essa fora sempre o seu catecismo na vida.

– Celinha, tudo o que está a acontecer na tua vida não pode ser obra do acaso. Temos de achar uma explicação, os motivos por detrás de todas as tuas desgraças.

– Também não me conformo com esta série de problemas. Diz bem a dona Dadinha, já é demais! Tenho de encontrar uma saída para pôr ponto final a isto e continuar com a minha vida normal.

Na madrugada daquele Sábado a dona Dadinha e a Celinha embarcaram num catembeiro[18]. O seu destino era Gwaxene, mais propriamente a residência do icónico mago Dumissane *wa ka* Gwaxene. Adivinho de tamanho carisma e muito poder, ele era reverenciado pelos residentes locais, da cidade e até estrangeiros, pela precisão das suas revelações, pelo desconcerto das suas profecias, pelo equilíbrio e agudeza das suas recomendações. Era o papa do mediunismo nas terras da Catembe que assombrava as comunidades e as ajudava a achar o verdadeiro caminho e sentido nas suas vidas. As suas tendas de consulta eram templos onde recebia longos cortejos de vítimas de esconjuros, de feitiços e até de males físicos e espirituais, como a infertilidade das mulheres, as mortes inexplicáveis de familiares, a falta de fortuna nos lares e nos empregos, a impotência sexual dos homens, casos de loucura, de crianças cujas cabeças se avolumavam, desproporcionadas, entre demais enfermidades que se possam imaginar.

A dona Dadinha ouvira falar do mago Gwaxene algum tem-

---

[18] **catembeiro**: pequeno barco que transporta passageiros entre Maputo e Catembe, vila na baía de Maputo.

po depois da fuga do marido do lar. Efetuou aturadas diligências para apurar a causa do abandono e achou-a na tenda do curandeiro: "o meu marido encarnou um espírito duma mulher que o subjugava e tornara-o escravo dos seus caprichos. Ele foi uma oferta duma avó para remissão de agravos e pendências a alguém da geração dos seus trisavôs. Por essa razão o nosso casamento foi sempre cheio de problemas, um constante martírio, desde os incidentes na comunicação entre nós, passando pelas indiferenças no cumprimento das suas obrigações conjugais. Sinceramente, nem sei como os nossos filhos apareceram, na cama ele nem parecia estar ao lado de uma mulher".

A Celinha escutava, atenta. A sua história tinha pontos comuns com a da amiga Dadinha.

O motor da embarcação ronronava, monocórdico. A maré da baía ondulava com brandura e assegurava uma atracagem tranquila no ancoradouro que era o seu destino.

Na mente de cada passageiro desfilavam fragmentos das suas próprias histórias, passadas e presentes, construíam-se alicerces de aspirações para uma vida futura mais luminosa numa sociedade mais justa. Assim também sucedia à dona Dadinha e à sua protegida, a Marcela de Jesus.

2

DA CONSULTA NA TENDA DO MAGO *WA KA* GWAXENE E DO RETORNO ÀS OBSCURAS ORIGENS DA CELINHA

Naquela sessão o mago *wa ka* Gwaxene apresentava um semblante algo crispado. Quem com ele tivesse privado ou o conhecesse em encontros casuais não diria que aquele era o homem que se destacava pelo caráter comedido e equilibrado. Mesmo a sua assistente, a mãe *N'wa* Fikazonke, experimentou um certo desconforto pela aparente agitação do mestre.

A Celinha e a dona Dadinha sentavam-se sobre uma esteira defronte do mago e seguiam atentamente todos os seus movimentos.

No interior da tenda uma nuvem perfumada de incensos cobria as figuras dos presentes e criava um ambiente diáfano que proporcionava uma viagem de ingresso tranquilo ao universo dos defuntos.

O mago cofiou a barbicha, como se daí convocasse a inspiração para penetrar nos segredos da vida da Celinha. Deitou os ossículos e os búzios da adivinhação pela terceira vez sobre a capulana diante de si. Depois de um silêncio que parecia uma eternidade volveu os olhos à paciente e iniciou aquele solilóquio com acentuada gravidade na voz.

– Minha filha, vejo a tua imagem envolvida por uma neblina muito espessa. Os meus espíritos não conseguem dialogar com os teus defuntos. Acabaste de me dizer que o teu apelido de nascimento é Mutheto, depois registrada como Maculuve e, finalmente, adotaste o do teu marido Malunga. Nas mensagens do meu oráculo não decifro a tua identificação com aqueles. Perguntas-me pelas razões dos consecutivos incidentes que se têm registrado desde um pouco antes do falecimento do teu esposo até aos dias de hoje. Esses eventos são manifestações dos apelos dos teus verdadeiros antepassados para que os procures. Esses infortúnios são a linguagem dos teus deuses que te chamam para o seu seio – fez uma pausa. Retornou ao monólogo para implorar aos seus próprios defuntos pela inspiração no aconselhamento a dar à Marcela de Jesus.

– *Ba ka* Gwaxene, netos e filhos de *N'wa ka* Nsemula, do curral de Gwaxene, vós que vivestes e fostes sepultados nas terras de *wa ka* Ntimane, aqui hoje me encontro diante desta criatura que peregrina por caminhos cobertos de espinhos e de incertezas, neste nosso mundo, sem conhecer o chão que pisa. A vós imploro que me inspirem pela iluminação dos horizontes da sua vida.

Deitou os ossículos ao chão e demorou-se na descodificação da mensagem.

– Minha filha – disse, de olhos fitos em Celinha – em ti vejo uma ave que voa com as asas quebradas. Se duma consegues algum alento para levantar voo, doutra vem o desalento e fraquejas; acabas caindo no mesmo lugar, encerrada num círculo de dúvidas sobre o propósito que a tua vida faz. No espaço do meu oráculo leio uma profunda mágoa dos teus antepassados. Uma grande crispação atormenta-os e revolve-se nos seus túmulos. Sinto pela vibração deste chão que os teus defuntos não se encontram distantes de nós, nesta terra de Gwaxene. As suas cinzas flutuam sobre a superfície do mar. Busca e encontrarás. Tens a obrigação de fazer todos os esforços para os achares e prestar-lhes os tributos que merecem. Se assim o não fizeres a paz na tua casa será sempre frágil e passageira.

Concluídos os rituais a Celinha e a dona Dadinha retiraram-se acabrunhadas dos domínios do mago *wa ka* Gwaxene. Mais do que respostas às suas dúvidas carregavam mais apreensões. Da luz que tinham a esperança de colher para destrançar toda aquela embrulhada de incidentes, de falecimentos e de despedimento do trabalho, o que levavam foram mais mistérios sobre a vida assombrada da Celinha. Ela cumpriu as prescrições do adivinho com dedicação; tomou os banhos terapêuticos com soluções de ervas em água, espécies de água-benta com que iria purificar-se e afastar o mau-olhado; aplicou unguentos de seivas colhidas em árvores seculares para se couraçar de esconjuros e recitou preces de imploração aos deuses pela iluminação dos seus caminhos.

As explicações que o Gwaxene dera sobre os motivos para aqueles cataclismos eram vagas, embora apontassem para uma via de solução, segundo a opinião da Dadinha. Aquele misterioso discurso, embora envolvido por enigmas, dizia que a jornada para estancar a onda de incidentes de que a Celinha vinha sendo vítima se aproximava do fim. "Busca e encontrarás", foram aquelas as palavras com que ele encerrou a sessão.

Desde aquela manhã da visita ao mago Gwaxene as noites da Celinha passaram a ser de assombração e de prolongadas insônias. Naquelas assistia ao desfilar de fragmentos do seu passado. Revia-se na infância já distante na casa dos pais adotivos, a imagem do pai Ruben, sempre cheio de bonomia, já junto aos seus defuntos, da mãe Marta cada vez mais depauperada de saúde, do catastrófico fim do matrimônio com o Tiago, dos tormentos e achincalhamentos protagonizados pelos familiares do falecido esposo e de todo o historial penoso da carreira profissional. Quando as madrugadas clareavam os horizontes caía num estado de semi-inconsciência. Aí ingressava num outro universo. Vagas de pesadelos preenchiam-lhe o sono. Nesses seguiam em cortejo espectros do mago Gwaxene, feito caudilho de turbas de figuras sem rosto, a proferir algaraviadas entremeadas de cantigas sem nexo. Seus braços disformes, ora se alongavam, ora se insuflavam de ar e desenhavam no ar traços doutras sombras. Todos, em concerto, acenavam apelos como se a convidassem a juntar-se na aglomeração para participar nas celebrações da fantasmagoria.

Ao despertar achava-se sempre no mesmo ponto de partida: no centro de um círculo, no ponto de inserção dos ponteiros do relógio do tempo, um tempo que progredia constante, inexorável.

Sentia-se esmagada de frustração, desorientada no confinamento do espaço onde circulava. Se não fosse pela segurança das filhas faria as malas e emigrava para um dos países vizinhos, Suazilândia ou mesmo para a África do Sul. Aí refaria toda a sua vida, longe de feitiços e de feiticeiros, muito à distância de querelas familiares e chefes oportunistas. Sabe de mulheres que tomaram coragem e partiram; hoje usufruem do conforto de boas posições sociais e têm empregos com que mantêm uma vida regular e honesta. Porém, não se demorou a contemplar a ideia: as filhas eram tudo o que possuía e não ia expô-las às incertezas e aos perigos naturalmente esperados em território estrangeiro.

A dona Dadinha sugeriu à Celinha uma visita de exploração a Mocodoene. Era lá onde nascera e vivera a mãe Macisse, segundo declarações dos pais adotivos.

– Pode ser que lá encontres o que procuras, os vestígios do passado da tua mãe ou algo que ainda não conheces.

A Celinha cismava em perseguir as causas dos seus infortúnios. Encorajada pela Dadinha e pelas dúvidas que se levantaram depois da consulta com o mago Gwaxene, decidiu viajar a Morrumbene. Lá identificaria pistas e segui-las-ia para desenterrar a história da família da mãe desaparecida. Algum sinal, algum segredo mal acautelado seria um ponto a pegar e a explorar.

Aquela viagem foi como o paginar do livro da história do conflito armado que durante dezesseis anos assolou o país. Pela primeira vez a Celinha testemunhava quanta violência fora protagonizada pelos beligerantes. As bermas das estradas pejadas de veículos calcinados, de ruínas de habitações dispersas um pouco por todo o lado, ao longo das vias, recordavam o que muitos diziam que foi o aniquilamento de sonhos de milhões de cidadãos. Mal se viam pessoas a caminhar ao longo dos carreiros. As machambas já o tinham sido. Eram campos desérticos onde vingavam o capim alto e terras ressequidas. Um e outro veículo aventuravam-se pela Estrada Nacional número Um em ambos os sentidos, com a esperança de levar passageiros e mercadorias a porto seguro.

A chegada da Celinha a Mocodoene não foi saudada por ninguém. Desembarcou na estação de Chicomo, o ponto inicial da estrada de terra batida que conduzia à aldeia natal do agregado familiar da mãe. O lugar registrava um pequeno rebuliço de vendedeiras de lanho, de coco, de farinha de mandioca ralada, de tubérculos variados, de frascos com especiarias, de mel e de sonhos. Sob a sombra frondosa de vários cajueiros e mafurreiras, negociantes e fregueses tagarelavam sobre banalidades, como se assim o fizessem afugentariam os temores trazidos pela violência dos confrontos.

Os habitantes não se conformavam com o curso da guerra. Acreditavam em si e nos que diziam que a mesma fora um mal já incorporado em si e que a vida jamais deveria parar. Outros, a maioria, menos afoitos, volveram as costas às suas aldeias e migraram para as periferias das cidades ou atravessaram fronteiras ao encontro de ilusões.

– Alguém pode indicar-me o caminho para a aldeia de Tchocuane, por favor? – a Celinha perguntou a uma vendedeira acomodada sobre um banquinho de plástico.

– Ir a Tchocuane nestes dias? Donde é que tu vens que não sabes que agora aquela zona é base dos matsangas[19]? Posso indicar-te o caminho, mas podes ter a certeza de que não voltas de lá viva. Se fores apanhada vão te violar e matar.

A Celinha suspirou, arrepiada de medo pela novidade.

– É muito longe daqui e para lá não há transporte. Por isso esta gente que aqui vês vive nas redondezas, ao pé da estrada, onde há mais proteção pela tropa. Não podemos todos abandonar as nossas habitações e as plantações, para ir aonde? É preferível morrer aqui ao pé dos nossos defuntos.

Assim se iniciou aquela conversa com algumas mulheres que afirmaram ter conhecido o senhor Guiamba de Tchocuane.

---

[19] **matsangas**: grupos de soldados da RENAMO (Resistência Nacional Moçambicana), seguidores do líder André Matsangaíssa, que travaram violenta oposição à FRELIMO (Frente de Libertação de Moçambique), durante a guerra civil, sendo considerados bandidos.

– Ele morreu num acidente de viação perto da Massinga. Deixou atrás a mulher e três filhas. Aquela morreu de desgosto pouco depois do desaparecimento do marido. A filha mais velha ainda permaneceu lá por algum tempo, mas a família toda acabou saindo por causa da guerra. As outras filhas migraram para as cidades e nenhuma pessoa da nossa comunidade sabe do seu paradeiro.

– Não há nenhum parente próximo entre os membros da comunidade que me possa dar mais alguma informação a respeito da família? – a Celinha insistia. Tinha de achar algum elo, um fio condutor que a orientasse nas buscas.

Um homem robusto, entrincheirado por detrás de um monte de sacos de mandioca, interveio e intrometeu-se na conversa. Acompanhara o diálogo pelo ouvido e tinha algo a dizer, desfolhar algumas páginas da história do local e dos seus habitantes.

– Desculpa-me, moça, por meter-me na conversa. Se chegaste a este ponto, vinda de tão longe, é porque a tua preocupação é grande. Temos a obrigação de ajudar aqueles que ajuda nos pedem – assim, sem cerimônias, o comerciante introduziu-se na conversação. – Pode ser de muita utilidade a informação que te vou dar. O velho falecido Guiamba de Tchocuane, que até nem era daqui de Mocodoene, instalou-se lá na aldeia por motivos de negócios de marcenaria que fazia. Casou-se lá e teve as filhas de quem aqui a comadre falou. A família dele, de origem, é da Massinga. É lá onde ainda vivem os parentes, alguns, claro, porque a maioria encontra-se longe daqui por causa da guerra. Mas há de lá estar alguém que te pode dar as informações que procuras.

Aquele homem não regateou detalhes sobre o clã do avô Guiamba. Via em Celinha uma mulher frágil, de ar à busca de algo que lhe pareceu de extrema importância. Até aquele dia ninguém se aproximara deles à procura de um ente desaparecido, dos muitos pertencentes a várias famílias, fugitivos daquele ambiente hostil que no país se vivia.

Aquela vendedeira de lanho sentiu uma empatia imediata pela Celinha. Tal como o mercador de mandioca, teve por ela um apego instantâneo. Parecia-lhe que aquela era o tipo de pessoas atormentadas por algo que as deprimia e ensimesmava. Chegar àquele ponto de buscas de seus familiares era uma aventura que tinha precedentes sérios e graves. Uma viagem daquela envergadura, para uma terra distante como era Chicomo, cheia de perigos e surpresas, só poderia significar que existia um ponto de ruptura na vida dela e que juntar peças de conhecimentos acerca de seus familiares era crucial e decisivo. Ela chamava-se Rosa, dona Rosa Maluleque e ofereceu-lhe abrigo para aquela noite. Assim, também teria uma companhia para o serão. Possuía um vasto repertório de suas próprias histórias e teria muito prazer em partilhá-las com a visita.

Na noite do concílio na habitação da Rosa Maluleque a Celinha viveu sensações singulares. Renascia, em outro tempo, em outro lugar. O interior da casa cobria-se de um ar acolhedor, como o de um santuário onde tudo se envolvesse de mistério. A tensão externa da guerra ali não penetrava. Os ruídos exteriores eram os do cricrilejar dos grilos, o coaxar dos sapos e, na lonjura, os ecos de pios de aves noturnas.

Pela primeira vez a Celinha aspirou os perfumes da terra que vira a mãe nascer; pisou e dormiu naquele chão onde o cordão umbilical dos membros do seu agregado foram incinerados e sepultados, a terra da sua avó, de seu avô, e de demais parentes que, com tanto empenho, desejava conhecer. Experimentou um conforto sublime, uma sensação de que um novo universo se alargava diante de si. Com as suas histórias a dona Rosa transportou-a para lugares onde antes da guerra foram de sonho, de muita produção, de harmonia entre parentes, amigos e vizinhos, onde não existiam espaços para malquerenças, onde todos se respeitavam e praticavam a generosidade como doutrina fundamental do seu catecismo.

O sol despontava a nascente, uma claridade leitosa chamava para um outro dia de labor. As duas mulheres carregaram as mercadorias para a venda na estação de Chicomo. Novo dia, novos empreendimentos, esperanças renovadas.

A Celinha embarcou numa boleia de um camionista[20] que faria uma paragem na Massinga. A dona Rosa Maluleque pagou ao motorista pelo frete e deu instruções precisas sobre a conduta a seguir com aquela passageira e o destino onde deveria desembarcá-la. Inesperadamente, conquistara uma filha, uma confidente, uma parceira com quem repartira momentos comuns de viuvez.

À despedida a Maluleque ofertou à Celinha um colar de miçangas multicores, símbolo de interação e de unidade.

– Vai em paz, minha filha. Um dia encontrarás o que tanto procuras – foram os seus votos.

---

[20] **camionista:** caminhoneiro.

3

DAS BUSCAS NA VILA DE MASSINGA AO QUE DAS MESMAS RESULTOU

A viagem da Celinha a Massinga foi uma experiência inesquecível. O motorista, rendido à juventude e à formosura da passageira, narrou os mais mirabolantes episódios sobre a sua pessoa. Ao contrário das recomendações que recebera da mãe Maluleque, historiou o seu passado, o seu presente, sem se esquecer de desfilar a lista dos projetos imediatos e a longo prazo que tinha em mente. De quando em vez lançava olhares esguelhados para auscultar as reações da companheira. Esta anuía e simulava atenção à conversa. Engana-se quem pense que os barbeiros são as pessoas mais tagarelas do planeta; os motoristas de longo curso ombreavam com os referidos em loquacidade e brejeirice, assim pensava a Celinha.

A estação onde a Celinha desembarcou era um lugar muito povoado. Aí funcionava um mercado que trepidava de frenesi, frequentado por gente proveniente das povoações adjacentes à sede da vila. Aí mercava-se de tudo um pouco. O colorido dos produtos, o bru-ha-ha das conversas eram as notas dominantes no ambiente. Dir-se-ia ser o coração donde pulsava a vida do lugar.

A Celinha seguiu as indicações que recebera do mercador de mandioca que conhecera na estação de Chicomo.

Em aglomerados como a Massinga todos os antigos habitantes conheciam-se uns aos outros. De aldeia em aldeia a Celinha foi-se internando pelas plantações de palmeiras. Em cada uma daquelas fazia uma pausa e inquiria pela morada da família Guiamba. O seu destino era a povoação de Nkoloane, onde se supunha que residia alguém aparentado ao falecido avô. Chegou ao destino graças aos préstimos dum ancião que lhe concedeu a escolha de uma criança.

– É aqui a casa do avô Guiamba – disse a cicerone a afrouxar o passo, de indicador em riste a apontar para a meia dúzia de cabanas adjacentes ao caminho.

A Celinha teve um baque no coração. Nesse instante vivia um outro momento inédito. Mal acreditava que estava prestes a encontrar alguém a quem pudesse chamar seu verdadeiro parente, outrem a quem pudesse chamar tio, avô ou o que fosse, alguém com quem poderia dizer, sem embargos, que tinha comunhão de sangue. Penetrou no recinto da residência com um misto de cautela, euforia e ansiedade.

Uma anciã de olhar desconfiado destacou-se do umbral da porta de uma das cabanas. Respondia assim aos chamamentos da criança pelos da casa. A mulher aproximou-se e mirou a visita dos pés à cabeça com curiosidade. Nunca a vira na vila ou onde quer que fosse. Tratava-se de uma forasteira, disso tinha a certeza. Saudou-a com cortesia e convidou-a a sentar-se sobre uma esteira à sombra oblíqua da cabana donde emergira.

A Celinha apresentou-se e disse ao que vinha.

– Soube que o meu falecido avô Guiamba tinha familiares nesta zona e que um dos seus irmãos vive nesta casa. Vim para os conhecer.

A mulher saía de um espanto para outro. Encontrava-se num estado de comoção que o silêncio era a única resposta que poderia oferecer. Escutava e absorvia aquele discurso inacreditável. Levantou-se da esteira e entrou noutra cabana. Daí saiu com um idoso que se sustentava numa bengala. Seria o tio-avô?

A mulher ofereceu àquele um assento e disse:

– Este é o irmão mais velho do pai da Macisse.

Foi a vez da Celinha emudecer. Ergueu-se e abraçou-se demoradamente ao homem. Quanta emoção em tão poucas horas! O que chorou não foram lágrimas de tristeza, mas de uma emoção como nunca experimentara. E narrou de novo, com muitos e acrescidos detalhes, a sua odisseia, a história de uma criança nascida em casa errada, sem direito a apelido, perfilhada por samaritanos, a da mãe que a rejeitou, fugitiva em lugares desconhecidos, a da viúva que procurava achar um encaminhamento na vida, uma referência, a da busca de uma identidade.

– És bem-vinda a esta casa, minha filha. Sim, sou o irmão mais velho do teu avô Rafael Guiamba, pai da Maria Cecília. Chamo-me Lucas. Esta é a tua tia-avó Rasse. A história que nos contas é na verdade muito chocante. Seria muito complicado tentar explicar o que aconteceu depois daquele casamento. Muito se disse, mas nunca se provou o que muitos especularam. Nós estivemos na cerimônia do casamento e nunca esperávamos que acabasse tão cedo e daquela maneira. Enfim, o que está feito está feito, o que se falou já caiu no esquecimento. A maior vergonha foi a tua mãe abandonar-te daquela maneira. Todos reprovamos isso. Por que razão o fez, só ela é que pode explicar.

A Celinha tinha a sensação de que dava os primeiros passos na vida. Ensaiava uma marcha trôpega em trilhos que ainda desconhecia. Não vacilava, porém. Ganhava a determinação de alguém que sentia o orgulho e a segurança de ter quem a suportasse em situações de hesitação, de desnorteamento e de adversidade.

O serão daquela noite foi preenchido de histórias. O velho Lucas abriu o livro de registros e narrou episódios que foram marcos e referências entre os Guiambas.

Algo ainda intrigava a Celinha. Revivera a história da família; todavia, algo ainda a preocupava. E a dúvida era de grande monta. Será que a mãe Macisse nunca revelou a paternidade da filha a ninguém? Porque é comum, sabe que este tipo de confidência era partilhado com alguém. Deverá existir alguém na comunidade familiar ou entre amigos que certamente conheça e guarde o segredo.

– Minha neta, creio que alguém sabe quem é, ou foi, o teu verdadeiro pai e qual é o teu verdadeiro apelido. Mas isso importa muito neste momento? Para que revolver cinzas do passado? A verdade vai magoar muita gente e dividir famílias.

– Não posso viver sem saber quem de fato sou – replicou a Celinha. – Claro que esse risco existe. É uma angústia constante não conhecer o meu verdadeiro apelido. Enquanto não o descobrir continuarei a viver nesta situação incômoda de quem não se conhece a si mesma.

Parafraseou o discurso e as recomendações do mago Gwaxene: "procura e encontrarás".

A idade provecta da avó Rasse era um manancial de ponderação e de sabedoria. A vida no seu lar fora como a doutros, cheia de vivências, muitas boas, outras nem tanto. Constituíra o seu lar com o avô Lucas naquele ambiente da aldeia onde residiam, tiveram os seus sonhos, acalentados pela confiança mútua e pela entrega nos trabalhos árduos das machambas e das plantações de coqueiros que eram a sua fortuna. Os filhos nasceram, cresceram, constituíram os seus lares e migraram para outras terras. O momento que então viviam era o daqueles anciãos que atravessavam os últimos trilhos de uma jornada longa, ensombrada, às vezes, por momentos de melancolia pelo desamparo dos parentes distantes.

A visita da Celinha à família Guiamba trazia à recordação da avó Rasse somatórios de memórias e de conhecimentos. Era um outro arquivo da história alargada dos Guiambas. Travara conhecimento com a Maria Cecília desde que aquela nascera. Levara-a ao colo, carregara-a nas costas como se sua filha fosse, com ela convivera nas muitas ocasiões em que os visitara; em sua casa permanecera por largos períodos de tempo. Lera na sobrinha um caráter forte e determinado. A sua têmpera era de alguém capaz de superar grandes obstáculos e conduzir a sua vida com retidão, dignidade e respeito. Não poderia conceber que algum dia fosse cometer a vileza de que a acusavam, que um dia abandonasse a filha às mãos de estranhos. E essa filha encontrava-se diante de si para reclamar pelas suas origens, pela sua verdadeira identidade. Algo de monstruoso e inconfessável sucedera para que a Maria Cecília procedesse daquele modo. Fez sua a causa da sobrinha-neta no intrincado processo para desvendar aquele mistério.

– Acho que temos de voltar ao princípio da história do casamento da tua mãe. Sobre o que sucedeu antes do mesmo ninguém sabe de nada. Se alguém soube, dele ou dela, não há rastros; também não conhecemos o paradeiro das pessoas que nessa altura acompanharam o caso. O tempo já vai longo, alguns morreram, outros desapareceram – considerou a avó Rasse.

– Já andei por quase todo o lado e ninguém sabe dos antecedentes do casamento da minha mãe – comentou a Celinha, sem vislumbrar luz das pesquisas anteriores.

– O importante é achar essas pessoas. Muitas vezes a solução de problemas complicados está diante de nós, mas a ansiedade cega-nos. Estás demasiado preocupada com o teu apelido, e nisso tens razão. Qual é o teu nome de batismo?

– Marcela de Jesus Mutheto – respondeu a Celinha de cenho carregado, sem perceber que mancha de luz o seu nome poderia desvendar.

– Tirando o sobrenome, e se bem me lembro, esse é o nome da madrinha de casamento da Macisse. Foi essa senhora que te atribuiu o nome. Porque não procuras por ela? Pode ser que tenha algo para dizer a respeito daquela embrulhada toda. Se a tua mãe permitiu que te batizassem com o nome daquela era porque as duas tinham muita confiança uma pela outra. Pode ser que tenham trocado algumas confidências, sabe-se lá?! Esse tipo de segredo quase sempre se conta a alguém. E quem mais poderia ser senão a sua própria madrinha? Procura pela tua xará e conversa com ela. Pode ser que seja de alguma utilidade.

Alentada pelas palavras da avó a Celinha sentiu que o terreno das suas pesquisas se alargava. A tia-avó Rasse abria e ampliava outras vias que valeria a pena explorar. Deitou-lhe um olhar cheio de reconhecimento e abraçou-a com ternura. Longe estaria de imaginar que o seu próprio nome poderia ser um elemento precioso nas buscas. Nela a ansiedade ganhava novo ímpeto e queria já partir para a nova etapa da aventura. Porém, dada a insistência da família, prolongou a estadia na residência por mais dois dias. Aí mereceu as honras de uma recepção festiva, na qual participaram outros membros do agregado, assim como convidados da comunidade. Executaram-se os rituais da sua apresentação aos defuntos como elemento efetivo da linhagem Guiamba. Durante aquela pausa ficou a conhecer as histórias dos seus avôs, e as das tias Salva e Cássia. Recolheu informações valiosas sobre a tia-avó Marcela que, na época do matrimônio da Macisse, residia na Ilha Mariana. Ciceroneada pelas revelações da avó Rasse efetuava uma digressão lenta e segura ao passado; paulatinamente, descortinava a névoa do tempo e imergia num território em que se sentia bem acolhida e confortada.

À despedida a tia-avó Rasse ofertou-lhe um par de capulanas "para com elas te cobrires e guardares o teu recato de mulher e mãe".

O tio-avô Lucas tomou-lhe as mãos entre as suas e proferiu aquele discurso de despedida que parecia o último da sua vida:
– Minha neta, trouxeste para este nosso lar, para esta nossa família, novas alegrias e novas responsabilidades. Perdeste os teus avôs, mas aqui nós estamos para te receber e acarinhar. Perdeste os teus pais em circunstâncias que todos conhecemos e atravessaste momentos de angústia como nenhuns outros, mas podes crer que tudo na vida é passageiro. O tempo está a curar as tuas feridas. Quem sabe, os teus avôs – o meu irmão Rafael e a cunhada Rosa– se estivessem vivos, outra teria sido a tua sina. Assumimos as responsabilidades que nos legaram. Os nossos defuntos deram-nos a graça de nos reencontrarmos para retomarmos o caminho da amizade e da entreajuda. Já achaste quem possas chamar verdadeiros parentes, e esses somos nós. As portas desta casa estão abertas a qualquer momento, para ti e para as tuas filhas, que teremos muito gosto em conhecer – pausou e suspirou longamente. A emoção dominava-o. Trôpego, dirigiu-se à cabana principal e de lá regressou com algo dissimulado numa dobra da camisa.

– Esta prenda é para ti. Guarda-a e utiliza o seu conteúdo em momentos de grandes aflições – prosseguiu, a depositar-lhe entre as mãos uma cabacinha rolhada com um pedaço de miolo de maçaroca. No interior daquela algo tilintava: eram cinco libras de ouro, a fortuna da família Guiamba que assim passava o seu testemunho e a sua herança para outra geração.

***

Durante o regresso a Maputo a Celinha deixara de ser aquela mulher acabrunhada e pessimista como o fora à ida. Nela operava-se uma metamorfose. Em si já chamejava o lume brando das suas esperanças, vibravam as energias de quem renasce, em outro tempo e em outro lugar. O que naquele instante se projetava adiante eram as perspectivas iluminadas de uma nova vida. Não fora em vão que escutara e acatara as recomendações da amiga dona Dadinha. Viajara a Mocodoene e lá pisara o solo onde os avós e as tias nasceram e viveram. Foi acolhida e acomodada na residência daquela mulher que lhe ofertara o colar de miçangas, como se sua parente fosse e dela colhera experiências de partilha inesquecíveis. Dos tios-avós Rafael e Rasse guardava lições jamais aprendidas, as dos valores de pertença a um corpo que é uma família. E a dela já se alargava. Os passos daquela aventura foram os liames a que se segurara e conduziam-na ao conhecimento das origens da sua mãe. Fora a primeira conquista na longa viagem de descoberta de si mesma.

4

DA VIAGEM À ILHA MARIANA E DAS SURPREENDENTES REVELAÇÕES QUE AÍ ESCUTOU

O percurso da Celinha pela vida continuava pejado de surpresas. Dizia até a si própria que, por aquilo que já lhe sucedera, nada mais a surpreenderia. Viajou com destino à Ilha Mariana com um misto de esperanças de acrescer mais pistas no seu empreendimento e de desalentos de ver gorados os esforços. Era mais uma jornada ao desconhecido; desejava que o que lá achasse fosse o desfecho final de toda a aventura.

O ancoradouro da Ilha Mariana não perdera os fulgores de outrora. Antes pelo contrário; ao seu redor crescera um mercado informal de mariscos e outros víveres, destes, alguns localmente produzidos, outros provenientes do continente. Tudo fervilhava de atividade naquela hora matinal das nove. Embarcações chegavam e partiam, abarrotadas de mercadorias. A garridice das coberturas das barracas conferia ao ambiente um colorido que lembrava aquarelas frescas de um abstracionismo tipicamente tropical. A vozearia dos mercadores e dos passageiros fundia-se às notas de música que se evolavam no ambiente.

Foi aquela a recepção da Celinha na ilha: de alegria, de cor e de movimento. Era como se os céus aplaudissem a sua chegada. Uma estranha e agradável vibração acomodou-se em si. Sentiu-se bem-vinda e confortada.

Do mesmo modo como procedera em Mocodoene, de pergunta em pergunta, achou quem conhecesse a residência da senhora Marcela de Jesus e do senhor Gabriel.

– Só quem não vive nesta ilha é que não os conhece – disse um mercador de peixe, bonacheirão e impante de orgulho presumivelmente por privar com tão respeitada família. – O velhote morreu há muito tempo, mas a avó Marcela ainda é viva, mas um pouco atacada da cabeça. Boa gente aquela!

O mesmo homem negociou um frete com um motorista de chapa-cem para transportar a Celinha ao bairro de Gonga onde se situava a residência que era o seu destino e recomendou que "vais deixá-la nas mãos seguras de alguém da casa que lá encontrares, ouviste?". A formosura que irradiava da figura da Celinha e o charme da sua personalidade exerciam um magnetismo irresistível no seio de muitos admiradores. Aqueles desfaziam-se em cortesia; ofereciam incondicionalmente os seus préstimos para ajudá-la e servi-la.

O motorista do chapa-cem alteou a voz, a chamar pelos da casa. O recinto do quintal parecia deserto. Algumas aves soltas concorriam com bandos de pássaros pelas migalhas espalhadas no chão.

De um dos fogos assomou a cabeça de uma mulher entrada em anos. Levantou os olhos e respondeu à chamada.

– Venho trazer esta senhora. Ela diz que é pessoa da família.

A anciã ergueu a vista. Na turvação da visão não conseguiu descortinar feições conhecidas. Numa voz estremecida chamou alguém de dentro doutro dos fogos a pedir assentos.

– Obrigado por trazer esta senhora, meu filho, e que Deus vá contigo – assim a mulher despediu o curioso condutor, que se grudara ao chão à espera de convite para permanecer.

– Se precisar de boleia pode me ligar, aqui está o número do meu celular – esperança de reencontro a cintilar no peito do guia, a garatujar uns algarismos num pedaço de papel.

Uma moçoila atravessou o umbral da porta daquele casebre. Trazia na mão uma esteira e uma cadeira. Ofereceu-as à anciã e à visita. Por instinto e respeito a Celinha partilhou a esteira com aquela que parecia ser a dona da casa.

O sol do meio da manhã despejava ondas de um calor brando. Uma brisa do mar refrescava a atmosfera da qual filtrava-se um azul pálido e transparente. Bandos de gaivotas desenhavam círculos no horizonte distante. Em toda a ilha respirava-se o perfume da maresia.

Depois da ritual saudação do ndzava[21] a mulher guardou um súbito silêncio. Naturalmente ansiava pela apresentação daquela visita e pelas intenções da sua presença ali.

– Chamo-me Marcela de Jesus. Vivo na cidade e desejaria conhecer esta família.

A velha voltou a levantar a vista e prosseguiu na redoma do silêncio. Dir-se-ia que a sua memória retrocedia ao passado e nessa viagem encontrasse impedimentos para prosseguir essa jornada no tempo.

– Fui batizada com o nome que lhe comuniquei e gostaria de conhecer a pessoa que é minha xará. Tenho muitas perguntas para fazer sobre mim e sobre a minha família.

– Chegaste mesmo a tempo. A cunhada Marcela está na casa principal. Ela encontra-se muito doente e mal consegue sair da cama, praticamente já nem sai de lá. Eu sou Monasse, irmã mais nova do falecido marido da Marcela. De vez em quando venho a esta casa para ajudá-la naquilo que puder. Vamos juntar-nos a ela para a conheceres e tentar conversar.

Ambas levantaram-se. A passo lento, penetraram nos aposentos da proprietária da residência, a avó Marcela de Jesus, ou vovó *Madjessu*, como afetuosamente a tratavam na intimidade.

Quando a avó Marcela se apercebeu da entrada das duas mulheres nos seus aposentos ergueu a cabeça. Auscultou as feições das intrusas e perguntou de quem se tratava.

– Sou eu, a Monasse. Venho trazer-te uma visita.

A custo, avó Marcela procurou acomodar-se melhor na cama. Os anos de imobilidade, forçada por uma infinidade de padecimentos, tornavam-lhe os movimentos lentos e dolorosos. Escrutinou o rosto da Celinha, sem que fosse capaz de a reconhecer.

– Esta é a tua xará Marcela de Jesus, filha da Macisse.

A revelação teve o efeito de uma explosão no cérebro da *Madjessu*. Relâmpagos de luz faiscaram na mente e alumiaram a

---

[21] **ndzava**: saudação prolongada e formal.

via de retorno ao ponto de partida da tragédia que desmoronou na família. Estendeu a mão frágil a convidar a Celinha a sentar-se a seu lado. Emergia de uma prolongada letargia. Reganhava vigor, os seus olhos adquiriram um brilho que a Monasse nunca nela vira antes. Ressuscitava da morte a que a vida a condenara e regressava ao convívio com a sua verdadeira história.

A Celinha era uma figura petrificada de espanto. A figura da avó Marcela infundia-lhe temor, não só pelo estado de semiabandono, mas pelo estado de profunda comoção em que se achava ou, como suspeitara a avó Rasse em Massinga, a sua chegada despertaria animosidades entre os membros da família. Todavia, correspondeu ao convite e ofereceu-lhe a sua mão. Lado a lado iriam em peregrinação pela névoa do tempo, numa jornada ao reencontro com as pontas quebradas do fio daquela relação familiar.

Na atmosfera diáfana do quarto suspendia-se um odor de antigos padecimentos. Parecia uma antecâmara da morte perfumada de algum bafio, de uma umidade que se pegara às roupas e às paredes.

– A tua chegada era esperada. Não sabíamos exatamente quem chegaria, ou quem seria. Se és filha da Macisse, como dizes, então está reposta a verdade sobre os últimos pronunciamentos do meu defunto marido.

A voz da avó Marcela soava trêmula e destimbrada. Narrou as mais desconcertantes histórias que, em vez alguma, a Celinha sonhara escutar. Eram revelações que se sobrepunham, uma após outra, a da visita da mãe Maria Cecília à Ilha Mariana, a sua estadia, o escândalo da violação pelo tio, do matrimônio cheio de secretismos, do divórcio e do abandono, do seu aperfilhamento pelos Muthetos.

O discorrer daqueles eventos começava a dar algum sentido àquela sucessão de incidentes que a perseguiam. As personagens das histórias materializavam-se na semipenumbra do compartimento, desfilavam – grotescas– e conferenciavam entre si.

— O meu falecido marido não conseguiu esconder o segredo da monstruosidade que praticara. Confessou-o, a mim e a esta tua avó Monasse, o que sucedera naquela manhã. Foi o dia em que pela primeira vez tive a sensação de que morria. Toda a nossa felicidade terminou naquele instante. O Gabriel cometera a baixeza de violar a sua própria sobrinha, em nossa própria casa, e guardou a confidência até quase à hora da morte. O remorso foi tal que o seu estado de saúde foi piorando e acabou por sucumbir às complicações da asma e de vergonha. Antes de morrer ele recomendou-nos que "se vier aqui alguém dizer que é meu filho, ou é minha filha, recebam-nos, porque é verdade". E tu aqui estás minha neta. O tio-avô Gabriel é o teu pai! O teu apelido é Novela.

A Celinha continuava petrificada de assombro. Um estremeção percorreu-lhe o corpo, da cabeça aos pés. Chegara ao fim da sua jornada? Deveria chorar ou largar às gargalhadas? Era um misto de sentimentos que se fundiam e a perturbavam.

A noite caiu fresca e estrelada. A luz leitosa de uma lua cheia alumiou os céus sobre a baía. Com aquela chegaram à residência da avó Marcela novas personagens, gente proveniente de outros pontos da ilha, para oferecerem as boas-vindas ao novo membro da família, a filha e sobrinha-neta do falecido senhor Gabriel Novela. Dentre aquelas figuravam os irmãos e as irmãs da Celinha. O momento foi de confraternização, de reunião entre parentes que se desconheciam.

Na manhã daquele sábado um cortejo de parentes, amigos e vizinhos dirigiu-se ao cemitério do bairro de Gonga, para uma visita à campa do senhor Gabriel Novela. Em nome dos presentes, um ancião prestou tributo ao defunto e aos seus antepassados. O principal propósito do ritual era a introdução da Celinha-Mihloti ao núcleo dos falecidos do clã, implorar pela sua bênção, proteção e prosperidade doravante. Outras vozes juntaram-se em aclamações e cantilenas.

Havia muita crispação nos espíritos de muitos dos participantes na cerimônia. O defunto senhor Gabriel não mereceu as laudas tradicionais em rituais daquela natureza. Não havia como esquecer tanta dor e tamanha humilhação como aquela experimentada no seio daquele lar. O fingimento de conforto espiritual fora uma máscara de uma harmonia que não existia. O manto da hipocrisia cobrira o esplendor do que fora uma aura de respeito pelos Novelas. Quais teriam sido as consequências do ato do falecido senhor Gabriel nem ele, vez alguma, poderia imaginar! Atrás de si, entregara às mãos dos vivos, a tarefa de assumir as consequências e as responsabilidades de expiar um pecado que nenhum daqueles cometera, um legado desonroso. Daí que, naquele ajuntamento, todos compareceram para acolher a Celinha e, em simultâneo, oferecer uma contrição coletiva à Maria Cecília – morta, quem sabe? –, distante em paradeiros desconhecidos.

Epílogo

A Marcela de Jesus chegara àquele ponto da busca da sua identidade paterna com um misto de felicidade e de ansiedade em conhecer a história pregressa dos ancestrais da família Tovela.

Ela entretinha na mente outro desafio, o de desvendar o paradeiro da mãe. Para com aquela tinha a dívida de estender o sentimento de penitência manifestado pelos parentes do pai e tio-avô Gabriel pelos catastróficos eventos que se sucederam nas vidas de ambas. Se ao menos tivesse alguma pista procuraria por ela para lhe ofertar a sua gratidão pela decisão de a confiar aos cuidados de alguém que a criara como filha.

Todavia, aquelas eram evocações que, a materializarem-se, e segundo as palavras da avó Rasse, poderiam ter consequências funestas na vida atual da mãe. Ouvira contar episódios de mulheres e homens que, para preservar confidências e evitar escândalos, a pés juntos declinaram situações de maternidade e de paternidade legítimas sobre filhos que tiveram no passado. Pôs uma pedra sobre o assunto. Apenas acalentava a esperança de que, um dia, ela, a mãe Macisse, lá onde se encontrasse, ainda se recordasse de que procriou uma filha e tivesse alguma curiosidade em conhecê-la.

Como sucede em todas as jornadas, o fim de uma etapa é o início de outra. Dois anos depois da visita à Ilha Mariana reencontrei-me com a Celinha. Mantinha aquela formosura com que sempre conquistara as atenções de seus parceiros. A sua jovialidade era a nova marca da sua personalidade. Em si retornaram a autoconfiança e o otimismo. Sustentava-se sobre outra plataforma para iniciar, perseguir e concluir empreendimentos porque já pertencia a um lugar, e tinha o seu verdadeiro espaço familiar que se alargava de Mocodoene à Ilha Mariana, cruzando caminhos desde a vila da Massinga até à cidade de Maputo.

Pretória, Maio de 2017.

O autor

ALDINO MUIANGA nasceu em 1º de maio de 1950, em Lourenço Marques, atual Maputo, capital de Moçambique.

Fez os estudos primários na Escola Missionária de S. Miguel Arcanjo e os secundários no Liceu António Enes, na mesma cidade. Formou-se em Medicina pela Universidade Eduardo Mondlane, e especializou-se em Cirurgia Geral. É docente da Faculdade de Medicina da Universidade de Pretória, na África do Sul.

Começou a escrever desde a adolescência, como colaborador no jornal de parede coordenado pela "Mocidade Portuguesa" no liceu que frequentava. Nesse jornal publicou alguns poemas.

A sua primeira publicação oficial foi o conto "A Vingança de Macandza" no semanário *Tempo*, em 1986, sob o pseudônimo Khambira Khambiray. Publicou crônicas nas colunas "Correio do Rand" e "Sawubona", respectivamente no semanário *Jornal Domingo* e na revista *Tempo*. Tem contos incluídos em antologias publicadas em Portugal, Brasil, Suíça e França, e em várias páginas e revistas literárias em Moçambique e no estrangeiro. Foi coordenador da página literária da revista SAPES, editada no Zimbábue, em 1991 e 1992, onde publicou ensaios sobre literatura em língua portuguesa nos países africanos.

Foi colaborador de primeira linha da revista *Charrua*, editada pela Associação dos Escritores Moçambicanos (AEMO), e da revista "ECO", editada pela Universidade Eduardo Mondlane.

É membro da Associação dos Escritores Moçambicanos (AEMO) e membro fundador da Associação de Médicos Escritores e Artistas de Moçambique (AMEAM).

Obras

Xitala-Mati. Maputo: Associação dos Escritores Moçambicanos, 1987; Edição do Autor, 2 ed., 2007; Maputo: Alcance, 3 ed., 2013.

Magustana. Cadernos Tempo, 1992; Lisboa: Texto, 2 ed., 2011.

A noiva de Kebera, contos. Editora Escolar, 1994; Lisboa: Texto, 2 ed., 2011; Kapulana, 2016.

A Rosa Xintimana. Maputo: Ndjira, 2001; Maputo: Alcance, 2 ed., 2012.

O domador de burros e outros contos. Maputo: Ndjira, 2003; 2 ed., 2007; 3 ed., 2010; São Paulo: Kapulana, 2015.

A metamorfose e outros contos. Maputo: Imprensa Universitária, 2005.

Meledina (ou a história duma prostituta). Maputo: Ndjira, 2004; 2 ed., 2009; 3 ed., 2010.

Contos rústicos. Lisboa: Texto, 2007.

Contravenção, uma história de amor em tempo de guerra. Maputo: Ndjira, 2008.

Mitos, estórias de espiritualidade. Maputo: Alcance, 2011.

Nghamula, o homem do tchova, ou o ecplipse de um cidadão. Maputo: Alcance, 2012.

Contos profanos. Maputo: Alcance, 2013.

Caderno de memórias, Volume I. Maputo: Alcance, 2013.

Caderno de memórias, Volume II. Edição do Autor, 2015.

Asas quebradas. Maputo: Cavalo do Mar, 2017; Kapulana, 2019.

Prêmios

2002 – Prémio TDM (*A Rosa Xintimana*).

2003 – Prémio de Literatura da Vinci. (*O domador de burros e outros contos*).

2009 – Prémio Literário José Craveirinha (*Contravenção, uma história de amor em tempo de guerra*).

2017 – Escritor homenageado pelo Conselho Municipal da Cidade de Maputo "pelos 30 anos de carreira e pelo seu contributo para o alavancamento da literatura de Moçambique".

fontes	Gandhi Serif (Librerias Gandhi)
	Montserrat (Julieta Ulanovsky)
papel	Pólen Soft 80 g/m²
impressão	BMF Gráfica